W0251752

HEYNE TIERKREIS-BÜCHER

Widder 21.3.–20.4.

Stier 21.4.–20.5.

Löwe 23.7.–22.8.

Jungfrau 23.8.–22.9.

Schütze 22.11.–20.12.

Steinbock 21.12.–19.1.

Zwillinge 21.5.–21.6.

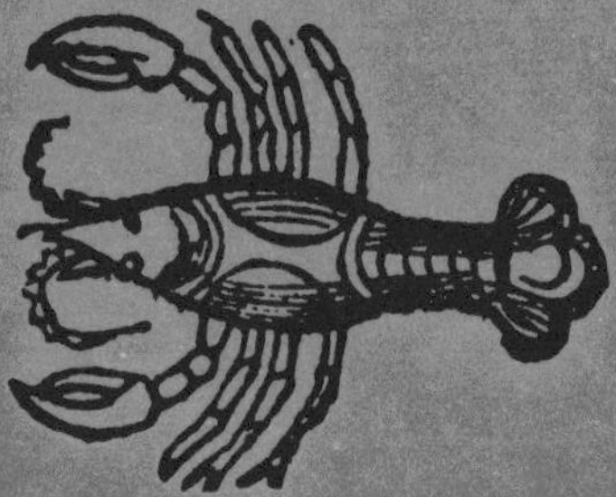

Krebs 22.6.–22.7.

Waage 23.9.–22.10.

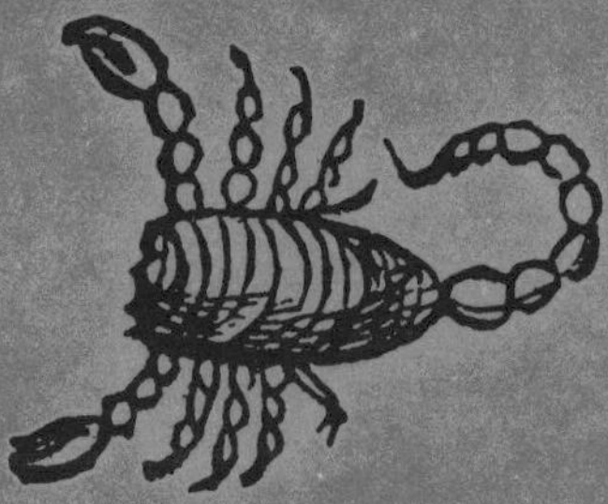

Skorpion 23.10.–21.11.

Wassermann 20.1.–18.2.

Fische 19.2.–20.3.

Der sogenannte Tierkreis von Dendera, altägyptisches Tierkreis-Rundgemälde im Detail

HEYNE TIERKREIS-BÜCHER

SCHÜTZE

22.11.–20.12.

von Wolfgang Döbereiner

Wilhelm Heyne Verlag
München

12. Auflage
Bildredaktion: Günter Pössiger

Bildnachweis: Bayerische Staatsbibliothek, München (12 Photos), Bilderdienst Süddeutscher Verlag, München (11 Photos), Kestner Museum (Astrolab), Hannover (3 Photos), Staatliches Museum für Völkerkunde, München (1 Photo)
Anekdoten entnommen aus dem »Witze-, Fabeln-, Anekdoten-Handbuch«, erschienen im Verlag Moderne Industrie, München
Printed in Germany 1988
Umschlaggestaltung: Atelier Ingrid Schütz, München
Gesamtherstellung: Friedrich Pustet, Regensburg
ISBN: 3-453-46016-2

Die nördliche Himmelskugel, Holzschnitt von Albrecht Dürer

Inhaltsverzeichnis

TRASKIA
CORVS
FAVONIVS
AFRICVS
LIBONOTVS
EVR OPA
SAR MA TIA
pontus euxinus
Caspi um
Cilicia
Syria
Iudea
Galatia
Cappadocia
Ma re me diter rane um
Libya interior
Cir culus
Can cri
Arabia felix
AFRICA
Mare ru brum
Ae thio pia interior
Cir culus
Cir cu lus
Si nus Arabi cus
Sinus barbaricus

SEPTENTRIO
AQVILO
CAECIAS
SVBSOLANVS
VVLTVRNVS
EVROAVSTER
AVSTER
ASIA
Indicum Mare
Arachosia
Sinus gangeticus

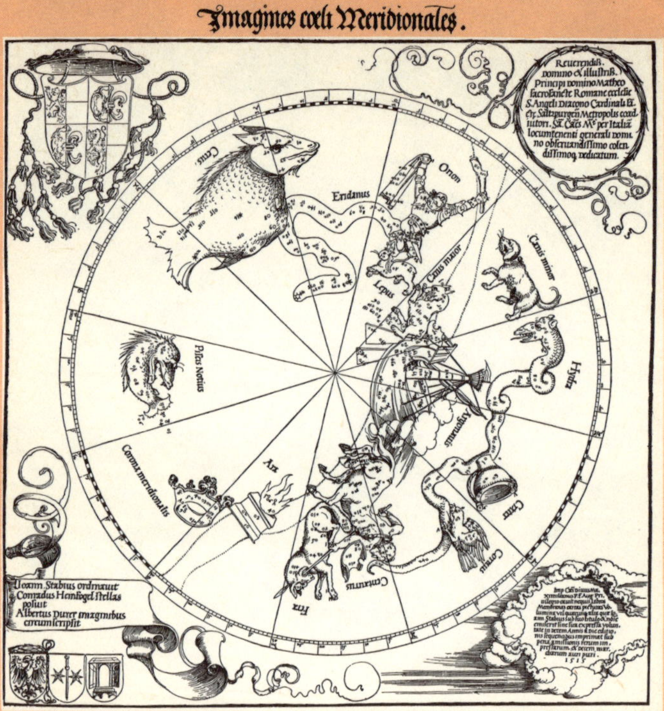

Die südliche Himmelskugel, Holzschnitt von Albrecht Dürer

◀ *Weltkarte mit Himmelskräften, westliche und östliche Hälfte im Detail, Holzschnitt von Albrecht Dürer*

Vorwort

Der Unterhaltungswert der Astrologie ist unbestritten. Damit sich der Umgang mit Astrologie jedoch nicht nur auf Unterhaltung beschränkt, wird hier gleichzeitig versucht, einen Einblick in die Astrologie zu vermitteln und Hinweise auf typische Verhaltensweisen zu geben. Man kann sich selbst auf diese Weise besser verstehen und die Eigenarten der Mitmenschen begreifen lernen. Das ist nicht nur eine wichtige Voraussetzung für echte Toleranz, sondern aktiviert auch die allgemeine Persönlichkeitsbildung.

Die Grundlage für die Methodik und Aussage des vorliegenden Buches bildet die »Münchner Rhythmenlehre«, die grundsätzlich zwischen Anlage und Verhalten unterscheidet. Und zwar kennzeichnet die Geburts*stunde* die Anlagen. Darunter sind die Triebe und Talente zu verstehen, die als Möglichkeiten vorhanden, aber nur teilweise genutzt sind. Diesen Tierkreisort, den die Geburts*stunde* anzeigt, nennt man Aszendent. Dagegen kennzeichnet der Geburts*tag* das Verhalten, also die Art und Weise der individuellen Lebensführung und Lebensauffassung. Dieses Verhalten hat die Aufgabe, möglichst alles, was an Anlagen und Trieben vorhanden ist, lebendig werden zu lassen und zur Wirkung zu bringen. Es ist der Stand der Sonne am Geburtstag, der sich in den Verhaltensweisen zeigt und auswirkt.

Also:

Geburtsstunde (Aszendent)	=	Anlagen
Geburtstag (Sonne)	=	Verhaltensweisen

Vielleicht haben Sie es schon gemerkt, daß es falsch ist, zu sagen, »ich bin ein Schütze«, wenn man zwischen dem 22. 11. und dem 20. 12. geboren ist. Es muß richtiger heißen: »Ich lebe wie ein Schütze, ich verhalte mich wie ein Schütze.« Was man wirklich ist, zeigt sich durch die Geburtsstunde am Aszendenten. Hat man hier etwa das Zeichen Löwe, so hat man eine Löwe-Anlage, die man auf die Art des Schützen auslebt. Diese wesentliche Unterscheidung zeigt, daß wir hier nur über die Verhaltensweisen des Schützen und nicht über die Anlagen sprechen.

Wenn wir hier ›nur‹ von den Verhaltensweisen sprechen, so ist

Unterricht in der Sternkunst, Holzschnitt aus dem Augsburger »Lucidarius« von 1479

das selbstverständlich eine Untertreibung, denn dem Verhalten kommt eine große Bedeutung zu. Das Verhalten hat die Vermittler- bzw. Aussteuerungsrolle zwischen dem Ich in der Anlage und der äußeren Erlebniswelt zu übernehmen. Es soll die innere Anlage zum äußeren Ereignis werden lassen, die Talente wecken und in der Außenwelt zur Entfaltung bringen. Da nach Ansicht der Astrologie die ganze Welt über die gleichen Struktur-Bausteine verfügt, die nur jeweils anders zusammengesetzt sind, heißt das mit anderen Worten: Das Verhalten soll das innere ABC mit dem entsprechenden äußeren ABC verbinden.

Gelingt dem Verhalten diese Aufgabe vollständig, so hat es die schlummernde Anlage erlöst. Dieser Vorgang ist mit dem Mythos des Märchens vergleichbar. Im Märchen ist man in eine bestimmte Erleidens- oder Erlebensform hineinverzaubert oder verwunschen – etwa als Zwerg Nase. Das symbolisiert die Anlagen mit dem Trieb zur Verwirklichung oder Erlösung. Und dann muß man diese oder jene (bisweilen unangenehme) Aufgabe erfüllen, um erlöst zu werden. Das symbolisiert den Verhaltensweg. Am Schluß ist man jedenfalls von der Verzauberung befreit

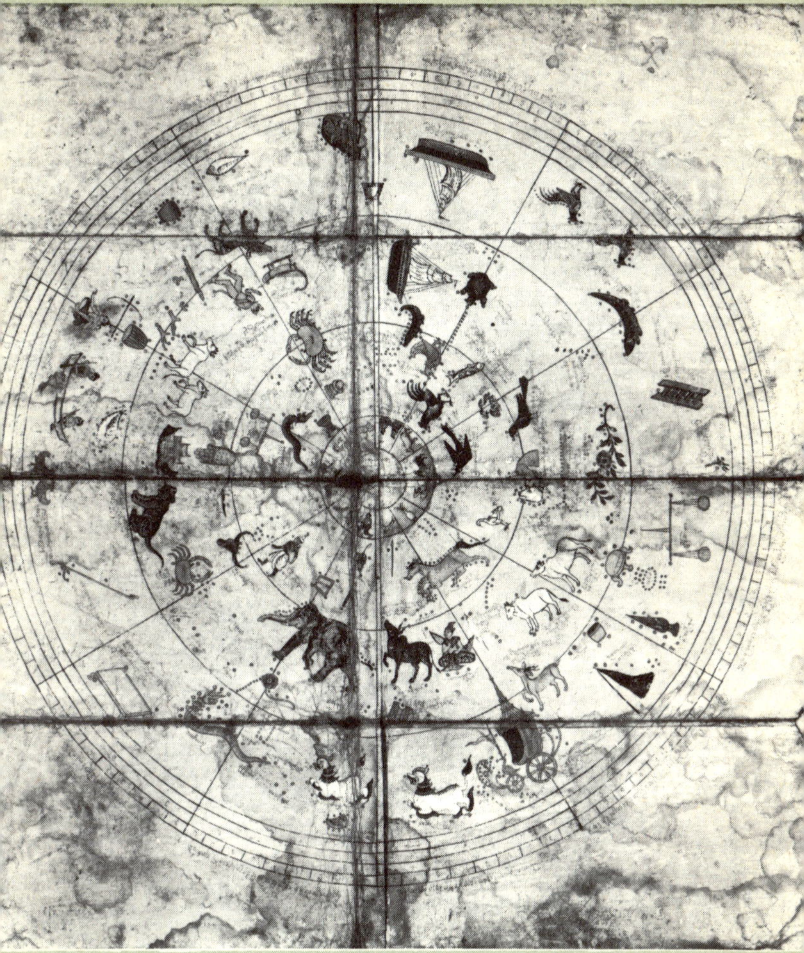

Altburmesische Tierkreisdarstellung

und lebt das, was man wirklich ist. Der ›häßliche‹ Frosch wird zum ›schönen‹ Prinzen.

Das Hauptproblem besteht darin, daß die bewußten Verhaltensweisen vielfach nicht der Anlage entsprechen. Ist beispielsweise das Verhalten übervorsichtig, ängstlich oder egoistisch und hauptsächlich auf Sicherheit oder Prestige bedacht, dann bleibt ein Teil der Anlagen unerlöst. Auch wenn das bewußte Verhalten zu starr geworden ist und die Vernunft jede Lebendigkeit blokkiert, ist das Problem der Rückstände gegeben. Der Prinz oder die Prinzessin ist dann nur halb erlöst. Astrologisch zeigen sich diese Vorgänge viel detaillierter, nämlich bezogen auf die individuellen Anlagen (Aszendent) im jeweiligen Verhältnis zu den Verhal-

Hebräische Tierkreisdarstellung

tensweisen (Sonnenstand-Geburtstag). Aber bleiben wir einmal bei einem allgemeinen Beispiel, bei einer Verhaltenssperre aus ängstlichem Sicherheitsbedürfnis. Hier kommen die Anlagen Verausgabung, Risiko, die ja zu jedem vollständigen Anlagebild gehören, ohne Zweifel zu kurz. Diese Anlagen, nennen wir sie einmal ›A‹, bleiben unverwirklicht. Nun hat ›A‹ einen Zeitplan, nach dem es sich wie im Märchen verwirklichen möchte. Nach diesem Zeitplan wird der Drang von ›A‹ immer stärker. Nachdem aber die bewußte Steuerung, das regulierende bewußte Verhalten, hier versagt, wendet sich ›A‹ an die zweite regulierende Instanz, an das Unterbewußtsein.

Neptun wird geholt. Er soll die bewußte Verhaltenslinie aufweichen, porös machen. Die ersten Symptome dieses Stadiums sind: nachlassendes Gedächtnis, Konzentrationsmangel, unerklärliche Unausgewogenheit der Gefühlslage. Das sind deutliche Anzeichen dafür, daß im persönlichen Haushalt etwas nicht stimmt, daß man sich ausgären lassen und besinnen soll.

Wenn das nichts hilft, dann wendet das Unterbewußtsein stärkere Mittel an. Es drängt die Person durch einen unterbewußten Ereignis-Wunsch in ein ›A‹ entsprechendes äußeres Ereignis, das geeignet ist, das bewußte Verhalten von außen aufzubrechen und in Frage zu stellen. Dabei sucht sich die Person instinktiv den richtigen Weg, Ort und Zeitpunkt. Manche fahren 500 Kilometer Umweg, um sich ihr Ereignis, ihre Krise zu holen.

Deshalb ist jedes tiefergreifende Ereignis, jede Krise immer ein Hinweis, der zum Nachdenken und zu Korrekturen anregen soll. Das Schicksal ist nie zufällig oder böse, sondern immer das Ergebnis des individuellen Verhältnisses zwischen Anlagen und Verhaltensweisen.

Man kann sich vieles ersparen, erstens 500 Kilometer Umweg, zweitens Infragestellungen von außen, die ja meist schmerzlich empfunden werden, wenn man sich mit seinen Anlagen und Verhaltensweisen beschäftigt und auch das Verhalten anderer mit dieser Grundeinstellung beurteilt.

Dieses Tierkreisbuch versucht, in anregend unterhaltsamer Form zuverlässig darzustellen, wie der Schütze lebt.

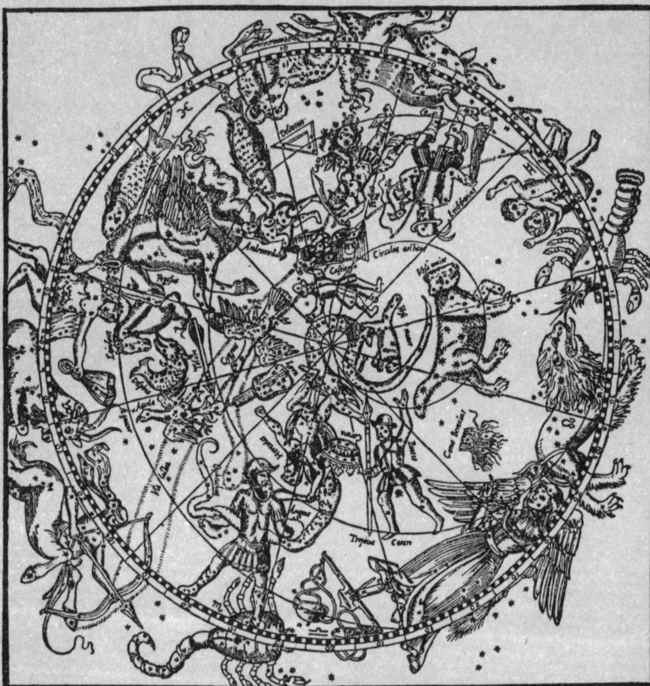

Sternbildkarte von Adam Gefugius 1565

Einführung in das Tierkreiszeichen Schütze

Der Schütze, karolingische Tierkreiszeichendarstellung

Der Tierkreis ist wie eine Geschichte, die lange zurückliegt und doch immer gegenwärtig ist. In ihm liegen die vergessenen Erfahrungen, die angeborenen Verdienste vieler Generationen seit Vorzeiten. Seine einzelnen Zeichen sind Speicher und Gefäß für die Urrudimente, die Urerfahrungen der Zeit. Sie sind sinnvoll geordnet, so, als sollte der Werdegang in einer symbolischen Reihung für alle Zeiten festgehalten werden. Der Tierkreis stellt eine einmal gewonnene Ordnung dar, die sich in den Raum entwickelt hat. Er ist die Struktur, die Kompositionsform, nach der sich Leben entwickelt, die sich mit Leben auffüllt, Maße gebend und setzend, sinnvoll steuernd und die Möglichkeit zur Vollendung in jeden Anfang setzend. So symbolisieren die zwölf Tierkreiszeichen letztlich eine jede Entwicklung, sei es das Wachstum eines Baumes, die seelische Entfaltung eines Menschen oder der Kreislauf der Natur. Sie verkörpern in ihrer Gesamtheit die Evolution des Lebens ebenso, wie den Ausdruck einer Gebärde, wie die Erfahrungen einer Pflanze.

Im Tierkreis ist jedes Zeichen die notwendige Folge des vorangegangenen. Ganz ähnlich wie in der Natur die Reihenfolge einzelner Entwicklungsstadien festgelegt ist, so folgt auch in der

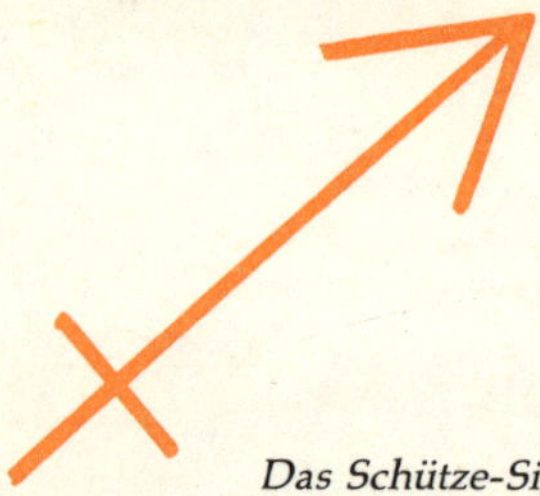

Das Schütze-Sigel

Tierkreisordnung ein Sinnbild dem anderen nach, löst es ab, bis der vollständige Kreis in seiner Geschlossenheit eine analoge Harmonie des Lebenskreises darstellt. So versinnbildlicht jedes Zeichen ein Stadium der Entwicklung und gibt es in verwandelter Bedeutung an das nachfolgende weiter. Es ist ein Aneinanderfügen einzelner Wesensbestandteile, von denen zwar ein jedes alle vorhergehenden beherbergt, sie jedoch selbst nicht mehr ausdrückt.

Der Tierkreis beginnt mit dem Zeichen Widder. Es symbolisiert das Stadium jeglichen Beginns: die Geburt eines Menschen, die Schöpfung des Lebens, ja selbst den Anfang eines einfachen Vorgangs. Es liegt in ihm der geschichtslose Beginn einer Wirklichkeit mit seinem ersten Prinzip der Energie und Durchsetzung. Das Feuerzeichen Widder spiegelt das Energiepotential, das gerade abgemessen ist, eigenen, zuständigen Raum einzunehmen – Ort zu sein und ihn real durchzusetzen. Es ist das Zeichen für das Eindringen in Zeit und Raum. In ihm wird eine Möglichkeit in den Raum, in die Realität geworfen.

Die Möglichkeit, zur Realität geworden und somit im Raum gefangen, ist dann den Bewegungen in der Zeit ausgeliefert. Die

Mechanismen der Urerfahrungen setzen ein. Der Plan läuft an. Schritt für Schritt zeigen die Stadien des Tierkreises die weitere zwangsläufige Entwicklung. Es sind dies zunächst die Phasen, in denen es darum geht, sich im Raum als Einzelner zu begreifen, sich auszudrücken, zu erhalten und zu verewigen. Es sind dies die Stadien, die den Weg in die Individualität vollenden – den Weg in die Mitte des Tierkreises, in die Mitte seiner Bewegung. Man kann sagen, daß die erste Hälfte der Tierkreisentwicklung die Verhaltensmuster auswirft, die der Sicherung und Erhaltung des Individuums dienen.

Mit dem Zeichen Waage beginnt dann die zweite Hälfte, die Rückseite des Lebens. In ihm beginnt der Tierkreis mit der Gegenläufigkeit, der Umkehrung, dem Kontrapunkt zum Widder. Die Waage ist bildhaft die Dämmerung des Ego. In ihr wird der erste Schritt über das Individuum hinaus in die Art getan. Es tritt Unruhe ein, wenn deren Gesamtheit disharmonisch gefährdet ist. Die Waage beginnt, die Dualität im Gattungsraum auszugleichen. Sie ist die Beißhemmung innerhalb der Art. Ihr Energiepotential liegt nicht im eigenen Handeln, sondern im Aufgreifen von Denkräumen, dem Leben anderer, das sich im Denken vorstellt.

Die Motive des Antriebs beginnen sich also zu verlagern. Die Motivierung des Handelns wechselt vom Eigenleben zu dem der Außenwelt, der Denk- und Vorstellungswelt. In der Waage ist das Zentrum des Antriebs noch nicht vollständig von der Person gelöst. Es besteht lediglich eine Art Stillstand des Handelns. Durch Denkimpulse und Ausgleichsbewegungen gegenüber der Umwelt wird der eigene und der Antrieb anderer belebt, hochgerissen oder mitgerissen.Erst im nachfolgenden Stadium des Skorpions wird die eigene Emotion als Handlungsgrundlage endgültig ausgeschaltet. Im Skorpion wird das Handeln ausschließlich durch ein vorgestelltes Konzept des Lebens, durch das Denkmodell, das Leitbild bzw. das Prinzip einer Vorstellung bestimmt.

Im Skorpion zeigt sich noch etwas von dem Kampf dieser Verlagerung, von dem Vorgang der Überwindung oder Verwindung der Emotion. Und wenn die Waage die Dämmerung des Ego ist, taucht im Skorpion das Ego endgültig in die Nacht seiner Bedingtheit, in die Aufhebung seines Eigengewichts. Die Verhaltensmechanismen, die daraus resultieren, kommen im Schüt-

Das Verhältnis der Tierkreiszeichen zueinander, Darstellung von 1624

zen zu ihrer vollen Auswirkung. Im Stadium des Schützen ist nichts mehr vom Kampf mit sich und der eigenen Emotion zu spüren. Der Schütze hat die Reusen und Schleusen des Skorpions schon hinter sich. Die Emotion ist nicht mehr Zentrale des Antriebs, nicht mehr Grundlage des Verhaltens. Wie erleichtert und befreit, öffnen sich dem Schützen neue Räume zu ungehinderter und unbeschwerter Bewegung in die Denkräume der Art. Weil aber die innere Bewegung im Schützen nicht mehr aus dem Antrieb der eigenen Emotion kommt, sondern in der Außenwelt Motive des Handelns und Antriebs gesucht werden, wird seine Bewegung wie ein Gestirn um die peripheren Zentren kreisen, stets und unablässig auf Bewegung bedacht, um nicht das Gleichgewicht zu verlieren.

Die Wurzeln des Antriebs, die Herkunft seines Verhaltens liegen beim Schützen irgendwo außerhalb. Er sucht sein Zentrum in der Ferne. Seine Einheitlichkeit ist die Einheit allen Lebens. Die Eigenschaften des Verhaltens werden also bei ihm dort besonders ausgebildet sein, wo es um Einsicht in andere Lebens-

und Denkräume geht, im Aufnehmen und Begreifen fremder Sphären und fremden Lebens. Sie werden sich in der Fähigkeit zu allumfassendem Verständnis zeigen, und in dem Drang zur aussöhnenden Vereinheitlichung im Leben wie im Weltanschaulichen. Es ist der Drang, in der Vielfalt und in den Formen des Lebens Zentren zu finden und die Welt im Spiegel des Denkens und der Phantasie zu ordnen.

In der Trennung zwischen ihm und den Wurzeln seines Verhaltens liegt für den Schützen die ständige Getriebenheit, der unruhige Bewegungsdrang. Auch dort, wo dies weniger bewußt wird, zeigt sich eine ständige Sehnsucht nach dem Fernen, ein ständiges Fernweh. Zudem besteht der Drang zu Aussöhnung und Entspannung, zur Vereinheitlichung. Wo immer Schützen auftreten, sind sie Entspannungspolitiker. Man denke beispielsweise an Papst Johannes XXII. oder an den Friedensnobelpreisträger Willy Brandt. Nicht zuletzt erscheint es charakteristisch, daß der Philosoph Spinoza, der Formulierer des Pantheismus, der die ganze Welt umfassenden Gottes-Identität, ein Schütze war.

Die Grundzüge des Schütze-Verhaltens, das Selbstverständnis im Fernen, die Suche nach den Zentren des Lebens, werden nirgends deutlicher ausgedrückt, als bei den profilierten Vertretern des Zeichens selbst. Die Urbilder des Schützen tauchen wie selbstverständlich immer wieder in den Äußerungen und Artikulationen der Schütze-Geborenen auf. So etwa, wenn der Maler Paul Klee meint, »die Hand ist Werkzeug einer fernen Sphäre«. Oder noch deutlicher: »Ich nehme einen entlegenen, ursprünglichen Schöpfungspunkt ein, wo ich Formeln voraussetze für Mensch, Tier, Pflanze, Gestein und für die Elemente, für alle kreisenden Kräfte zugleich.«

Die Schütze-Verwandtschaft bei Rainer Maria Rilke ist deutlich zu spüren, wenn es bei diesem heißt:

»Wir bereiten nicht nur Intensitäten geistiger Art vor, sondern, wer weiß, neue Körper, Metalle, Sternnebel und Gestirne.«

Das Schütze-Bild

Die Bilder der Schütze-Maler vermitteln den Eindruck der geträumten Expression, etwa im Gegensatz zur erlebten Expression des Löwen Emil Nolde. Charakteristisch ist das Bemühen der Maler, das Leben hinter der Form des Gegenstandes zu suchen, die psychischen Vorgänge zu erfassen. Das wird besonders deutlich bei Paul Klee, Toulouse-Lautrec und Edward Munch.

Die Kontur löst sich auf, wird Teil der Farbgebung oder zum einzigen Träger des Ausdrucks abstrahiert. Die Farbe ist intensiv, vielfältig in sich schattiert mit starkem Eigenleben. Die Komposition der Schwerpunkte wird, wie etwa bei Kandinsky, losgelöst vom Gegenständlichen, dominiert als Träger des Ausdrucks. Scheinbar ähnlich wie bei den Jungfrau-Malern Hans Hartung und Fritz Winter, jedoch nicht wie dort erstarrt, sondern in lebendiger, fast kreisender Bewegung der Hintergründe.

Baumformen und Büsche des Schützen

Zeichnet ein Schütze-Geborener einen Baum, so ist dieser gekennzeichnet durch einen langen, hohen Stamm, während das

Spanische Schule, Gemälde von Henri de Toulouse-Lautrec

Blattwerk in einem Bogen zusammengefaßt ist. Wichtig ist dabei, daß sich der Stamm nach oben stark verjüngt. Auch bei den Büschen wird das Blattwerk in einem Bogen zusammengefaßt.

Die freie Assoziation des Schützen

Die Aufforderung: »Nennen Sie mir schnell und spontan 5 Dinge«, beantwortet der Schütze in etwa so, wie es die nachstehende typische Reihenfolge zeigt.

1. Gesicht
2. Fenster
3. Raum
4. Teppiche
5. Tür

In der Reihe der freien Assoziation taucht beim Schützen erstmals der Begriff Gesicht auf als Spiegelung psychischer Vorgänge. Man wird erinnert an Toulouse-Lautrec oder Edward Munch und deren Drang nach dem Aufschließen fremden Lebens. Es folgt das Fenster, nicht die Bewegung, sondern der Blick nach draußen. Die Reihe grenzt sich somit deutlich etwa gegen die Waage ab, die Bewegungen vermittelt, und besonders gegen den Widder, der Begriffe direkter Herausforderung wählt.

Schütze-Analogie

Die Ausdehnung

TIEFGRÜN | 3 | DAS VERSTÄNDNIS

a) die Phantasie
die Einbildungskraft
die Einsicht
die Romantik
die Blaue Blume

b) die Ausdehnung
die Erweiterung
die Öffnung

c) die Religion
die Anschauung
die Ergriffenheit
die Erhabenheit

d) die Vereinheitlichung
die Entspannung

e) die Weite
die Ebene
die Steppe

f) das Schauen
das Verstehen
das Überblicken
das Begreifen

g) das Umherschweifen
die Ruhelosigkeit
die Sehnsucht

h) das Rückenmark
die Spinalnerven

i) der Jongleur
die Virtuosität
das Kabinettstück

j) das Pathos
die Theatralik

k) die Erzählung
das Märchen

l) die Palme
der Essigbaum
die Föhre

m) als homöopathische
Zuordnung:
Stannum

Schütze-Prinzip: der Verstand

Das Prinzip des Schützen ist der Verstand. Im vorhergehenden Prinzip des Skorpions war das Opfer das Hauptthema, die Überwindung der Emotion. Jetzt, losgelöst vom eigenen Antrieb, werden die Bewegungen in die Denkräume der Art frei. Das Überschaubare, Zusammenfassende und Vereinheitlichende tritt hervor und wird zum Motiv des Antriebs – verlagert ihn somit nach außerhalb.

Das dem Schützen entspringende Verhalten ist dementsprechend von der Einsicht und dem Verstehen der Umwelt und ihrer Ideen bestimmt. Der Drang nach Verständnis, Versöhnung und Entspannung vermittelt ständige Bewegung und Tätigkeit. Das Öffnen und Ausweiten der Bereiche wird zum tragenden Moment. Schon Schütze-Kinder zeigen eine außergewöhnliche Offenheit für Eindrücke und besitzen übermäßige Phantasie und zentrumslose Unruhe mit Fernsehnsucht.

Die Regulative des Schütze-Verhaltens

In keinem anderen Zeichen finden sich so paradoxe und oft schwer zu beurteilende Merkmale und Charakteristika wie beim Schützen. Sein Verhalten scheint von zwei Extremen gelenkt zu sein, und man vermeint, nie genau zu wissen, welches von beiden jeweils die Oberhand gewinnt.

Für den Schützen selbst ist das ganz und gar unproblematisch – und mit Recht. Das Muster, sozusagen der Grundriß seines Verhaltens, ist sorgsam ausreguliert zwischen Schwebezustand oder vielmehr Gleichgewichtssuche und Bewegung. Das stellt sich etwa so dar: Einmal motiviert sich der Schütze durch Vorgänge und Dinge außerhalb seines Lebens. Die Vorgänge der Umwelt sind Treibstoff, bewegen ihn, bringen ihn zum Leben. Andererseits hat er gerade dadurch seinen eigenen Standort außerhalb, in anderem Leben. Er wird hin- und hergerissen, hat keinen festen Sitz. Also braucht er selbst für sein Gleichgewicht Bewegung auf ein, wenn auch nur ungefähres Ziel hin. Die Folge

Die Loge mit der goldenen Maske, Lithographie von Henri de Toulouse-Lautrec

ist, daß ein Schütze einerseits offen, verständnisvoll und einsichtig gegenüber dem Leben und der Umwelt ist, zum anderen sich selbst aber eine ständige Bewegung erhalten muß. Die Einsicht darf ihn nicht aufhalten. Er kann und muß deshalb bisweilen unverhohlen rücksichtslos sein. Das Verständnis ist für ihn nicht Ziel, sondern Mittel des Verhaltens.

Darin zeigt sich ein schneller Kreislauf, eine schnelle und oft unökonomische Verbrennung. Und darin liegen auch die Kontraste, die die Umwelt oft staunen machen. Sie liegen in der Weichheit des Denkens gegenüber der Härte der Bewegung, die dem Pfeil des Schützesymbols gleicht, der von der gespannten Sehne in die offene Welt abgeschossen wird. So ist ein Schütze bisweilen blitzblank aggressiv, weil aus der schnellen, dynamischen Bewegung kommend. Er scheint ohne Ecken, ohne Konturen, ohne Komplexe, ja ohne Erbarmen zu sein, aber auch ohne jede Bösartigkeit, ohne Absicht zur Konfrontation.

Der Schütze braucht die Bewegung, den inneren oder äußeren Drive, um im Gleichgewicht und damit in seinem Sicherheitsgefühl zu bleiben. Ähnlich wie die anderen Feuerzeichen Widder und Löwe, ist auch der Schütze im persönlichen Auftreten unbedenklich. Man muß bei ihm also Bedenken anmelden, deutlich und klar. Den Schwung sollte man ihm aber nicht nehmen, vor allem dann nicht, wenn man ihn vollwertig erleben will.

In unseren Denkgewohnheiten scheint ein Kontrast zwischen Denken und Handeln kaum möglich, ja unvereinbar zu sein. Dabei gehört dieser Kontrast zu den Regulativen eines jeden Menschen. Wer anders als der Gutmütige oder Nachlässige ist darauf angewiesen, sein Beurteilungs- und Charakterisierungsvermögen zu schärfen? Nicht anders ist es beim Schützen. Die Dynamik hat den Kontrast der Einsichtsfähigkeit. So gesehen, ist ein Schütze zum Verständnis gezwungen. Verständnis und Einsicht zeigen sich im Grunde bei ihm als Fangarme des Geistes, als Brennstofflieferanten. Und er ist auf Motivsuche überall außerhalb, im Leben anderer, in Ideen und Anschauungen wie in den Fernen der Phantasie.

Es ist bemerkenswert, daß die Schriftbilder von Schützen meist große, ausholende Bögen in den Einzelbuchstaben zeigen. Ludwig Klages, der Vater der Ausdruckswissenschaft, vermeint, »in der großen Bewegung« den Zweck zu sehen, »ein innerlich entferntes Ziel heranzuführen«. Die Werkzeuge, deren sich das Verhalten dabei bedient, sind Phantasie und Verstand – letzterer als die denkende Einsicht in die Zusammenhänge und die Formen des Lebens, um sie im Großen wie im Kleinen zu erschauen, zu begreifen und aufzunehmen.

Anders als der unterscheidende und im äußeren Umriß der Funktionalität kenntlich machende Intellekt des Zwillings, anders als die seelischen Aussteuerungsmechanismen der Vernunft in der Jungfrau, schließt der Verstand im Schützen die Einsicht in fremdes Leben mit ein. Es ist das Verstehen im Sinne des Schützen Ludwig Klages: »Verstehen ist Aufschließen fremden Lebens.«

Zum Werkzeug des Schütze-Verhaltens gehören auch die Dynamik, der Drang zur Bewegung sowie die dazugehörige Geschmeidigkeit und Glätte der Form, um ähnlich wie die (oft kahlgeschorenen) Wettschwimmer eine schnellere Bewegung durch alle Widerstände zu garantieren.

Aus alledem ergeben sich Eigenschaften wie Adjektive, die sich wie von selbst ableiten. Vor allem Begeisterungsfähigkeit und Einsicht, Verständnis und Schwärmerei (Verehrungsdrang), Großmut, Toleranz und Illusion sowie die Dynamik der inneren und äußeren Bewegung, das Feuer des Geistes.

Im Verhalten des Schützen brechen diese Mechanismen überall durch, ganz gleich, in welchem Bereich, in welchem Sinn und auf welcher Ebene sie auch immer angewandt werden – ob im schöpferischen Bereich, im Dienste anderer oder im Dienste der Allgemeinheit oder auch selbst bei blankem Egoismus, der in allen Zeichen sein naturgegebenes Selbstverständnis hat. Im letzteren Fall kann dies beim Schützen das ergeben, was Ludwig Klages eine »in Idealismus umdekorierte Triebkraft« nennt.

Der verständnisvolle Schütze

Der französische Schriftsteller André Gide sagte einmal, er kenne und verstehe so viele Standorte, daß er seinen eigenen nicht wiederfinde. Diese Worte könnten stellvertretend für alle Schützen gesagt sein. Die Verständnisfähigkeit kennt keine Grenzen. Der

Der Planet Jupiter mit seinen Tierkreiszeichen Schütze und Fische, darunter dem Jupiter zugeschriebene Berufe (Apotheker, Alchimist und Mathematiker), italienische Buchillustration aus dem 15. Jahrhundert

Schütze versteht jeden und alles, ja, er zeigt sich in einer fast sportlichen Art interessiert.

Wenn Sie also in schwierige oder vertrackte Situationen kommen, gleichgültig ob selbstverschuldet oder nicht, ein Schütze wird Sie weder tadeln, noch Ihnen Vorhaltungen machen oder sich gar entrüsten. Ihn interessieren die großen Zusammenhänge, mit Kleinigkeiten hält er sich nicht auf – zumindest nicht mit einer moralischen Stellungnahme. Ihn interessiert das freie Spiel des Lebens auf Distanz; er ist auf Motiv-Suche.

Wenn Sie also mit einem Kummer beladen sind, dann wird er Sie zwar nicht ans Herz drücken, aber er wird mit Ihnen über Ihren Fall reden und ausführlich die Zusammenhänge erörtern. Schon das wird Ihnen helfen. Sicher wird er Ihnen auch Vorschläge machen, und sein Optimismus kann Sie anstecken und stimulieren. Für den Schützen gibt es keine unlösbaren Probleme; sein Selbstverständnis ist auf den großen Zusammenhang aller Dinge aufgebaut: »Das müßte schon zu lösen sein«, anders kann sich der Schütze das gar nicht vorstellen.

Ein Schütze sucht fremdes Leben zu verstehen. Er ist der Zuschauer, der Voyeur des Lebens. Er notiert es, verzeichnet es. »Zu Protokoll« hieß eine Fernsehsendereihe des Schützen Günter Gauß; in ihr wurden Lebensauffassungen prominenter oder bedeutender Zeitgenossen erfragt und aufgezeichnet.

Charaktere zu begreifen, Motive zu suchen – dieser Zug taucht im Schützen immer wieder auf. »Unsere Aufgabe ist es«, meint Rilke, »uns diese vorläufige, hinfällige Welt so tief und so leidenschaftlich einzuprägen, daß ihr Wesen in uns unsichtbar wieder aufersteht.« Und Paul Klee will nach seinen eigenen Worten in der Abstrahierung die Psyche erfassen und darstellen. Nicht anders Toulouse-Lautrec, dessen Interesse für Charaktere sein gesamtes Schaffen prägte. Er suchte sie in den Straßen von Paris ebenso wie in den Gerichtssälen, in den Nachtlokalen ebenso wie bei Sportveranstaltungen. Ja, er begleitete einen Arzt bei dessen täglicher Krankenhausarbeit, um dessen Bewegungen festzuhalten. Es geht dem Schützen nicht um das Milieu, es geht ihm um den einzelnen Charakter. Über Toulouse-Lautrec wurde gesagt, er tauche die Fläche des Bildes in ein kaltes Licht, das die einzelnen Züge stärker hervortreten lasse und beim Erforschen des Gesichts behilflich sei.

Was hier von den profilierten Vertretern des Zeichens so deutlich interpretiert wird, liegt als Keim in jedem Schützen. Aber anders als etwa der Krebs, der mitfühlt und mitleidet, anders als der Fisch, der aus dem Abstand seiner mittelalterlichen Ruhe toleriert und begreift, ist der Schütze auf der Suche nach den Motiven des Lebens. Er ist verständnisbereit, aber unsentimental. Dabei reizen ihn vielfach auch das Experiment, das Wagnis, die Grenzwege menschlichen Verhaltens, nicht zuletzt auch psychische

Phänomene. So ist der Schütze dem Leben gegenüber verständnis-offen in allen seinen Variationen und Formen. Im Gegensatz etwa zum Stier, der sein Sicherheitsgefühl im Abgrenzen findet, liegt das Sicherheitsgefühl eines Schützen im Öffnen von Situationen. Ein Schütze braucht nicht Moral als Selbstzweck, er schließt nicht aus, er schließt mit ein, möglichst alles. Deshalb interessieren ihn die Umwelt und alle ihre Vorgänge. Die Baustelle von nebenan ebenso wie eine Sektiererversammlung. Er will alles kennenlernen. Er sucht Kontakte, sucht Menschen, will Motive und Stimmungen in sich aufnehmen, will begreifen. Manche Schützen entwickeln sich bisweilen zu Stimmungs-Feinschmekkern, sind dann oft hingerissen von einem Eindruck bis zum Überschwange. Etwa von den idyllischen Ecken und Sträßchen einer Altstadt, oder der Natur. Ein Schütze nimmt Eindrücke mit all ihren Zwischentönen auf und vermittelt sie.

Aus alledem wird deutlich, daß der Schütze zum Verständnis, zur Toleranz gezwungen ist. Er lebt davon, findet seine Motivation in der Umwelt. Seine Toleranz kann deshalb bisweilen kritiklos sein. Andererseits üben sich im Schützen von früh an die Eigenschaften der schnellen Auffassung sowie der Aufnahmebereitschaft für die Umwelt.

Feuer der Begeisterung

Stillsitzen, ohne daß ihn etwas bewegt, ist für den Schützen eine Unmöglichkeit. Er hat die Hand immer am inneren oder äußeren Gashebel. Ihm wird die Gegenwart ohne Bewegung unerträglich, er empfindet sie als Beengung. Er flüchtet dann in die Zukunft, in die Erwartung oder Vision. Die Bewegung wird übertragen und in die unbeengten Gefilde der Phantasie übersetzt, in die visionäre Hoffnung, in das Ideelle mit dem Feuer der Begeisterung.

Ein Schütze braucht die Dynamik, die Intensität. Er muß brennen, ganz gleich, mit welchem Holz. Er muß sich begeistern lassen, muß eindrucksoffen sein, um ständig motiviert zu werden. Er ist wie die Stichflamme, die an eine brennbare Idee kommt. (Im übrigen ist das erste Feuerzeug von einem Schützen erfunden worden).

Jupiter und seine Kinder aus dem »Mittelalterlichen Hausbuch« um 1480

So ist der Schütze notgedrungen eindrucksoffen, unvoreingenommen. Er kennt keine engstirnigen Scheuklappen, öffnet jeden geistigen Bereich, gleichgültig ob in der Welt der Wissenschaft, im Versicherungsbüro, im kulturellen oder metaphysischen Bereich oder im Schrebergarten-Verein. Ihn umgibt ein Hauch von Weite, er ist Weltmann.

Venus mit dem Schützen, Holzschnitt von 1528

Der Bildungsdrang des Schützen ist unübertroffen. Er selbst hat auch vor Bildung, wo immer sie sich ihm präsentiert, einen ungeheuren Respekt. Hier liegt die einzige Autorität, die ihn fasziniert, hier liegt die Wurzel zu seinem Verehrungs- und Bewunderungsdrang. Es ist das Bild des Jüngers zu Füßen des Meisters: offen, bereit, begeistert, entzündbar.

Im Aufschließen fremden Lebens und fremder Welten, in den allumfassenden Ideen und Gedanken, in der Suche nach der Einheit und dem Zusammenhang des Lebens hat der Schütze seine

Heimat. Ideen und Einsichten bringen ihn zur inneren Bewegung, bringen ihn in Rührung bis zur Ergriffenheit und Verklärung. So sammelt der Schütze Ideen und Einsichten oft bis zur Überflutung. Seine Bibliothek ist meist umfassend. Man fragt sich, wie er das alles bewältigt. Den Steinbock Konrad Adenauer muß dies auch bewegt haben, als er über den Schützen Carlo

Jupiter mit Schütze und Fischen
aus dem »Planetenbuch« von 1553

Schmidt scherzhaft sagte: »Es kann ja gar nicht sein, daß ein einzelner Mensch soviel weiß. Ich jedenfalls glaube ihm kein Wort.«

Die Aufnahmefähigkeit des Schützen ist außergewöhnlich groß, von Zwischentönen bis zu den großen Zusammenhängen, die er oft instinktiv erahnt, ehe er sie kennt. Bisweilen liegt die Gefahr nahe, daß er Ideen in sich hineinfrißt und pathetisch und theatralisch davon aufgebläht ist oder sich in mystische Höhen versteigt. Anfällig für edle Gedanken, kann sich der Schütze in esoterische Schattenspiele verlieren bis zur dekorativen Feinner-

Practica Teütsch auff das M. D. XXXV. Jar. durch den hochgelerten Theophrastum Paracelsum / Der freyen kün ste der Artzney vnnd Astronomey / Doctor / dem gemainen menschen zů nutz gepracticiert / vnd außgangen.

Mars. Venus.

Titelbild eines Werkes von Paracelsus

vigkeit. Schützen erscheinen dann illusionär, schwärmerisch, und sind dabei der Wirklichkeit doch näher als viele, die in Sicherheit und Ordnung mit einem Ausschnitt des Lebens zufrieden sind. Der Schütze ist ein Enthusiast; er will den ganzen Himmel, läßt sich ohne Angst ergreifen – mit voller Sehnsucht nach der Einheit und Größe des Lebens. Der Himmel belohnt ihn mit dem Glück, das durch Arbeit und Sicherheitsstreben allein nicht zu erreichen ist.

Die Ferne

Der Schütze zeigt auffällige Vorlieben, die nicht zu übersehen sind und allein schon eine Goldgrube für Statistiken wären. Gemeint ist die Vorliebe für Pferde und Katzen. Das versteht man sogleich besser, wenn man weiß, daß im Schützen noch etwas von dem fahrenden Gesellen früherer Zeiten spürbar wird. Es ist der Drang, in die Ferne zu schweifen, ungebunden umherzuziehen. Die Ferne liegt dem Schützen immer näher, er hat Heimweh nach ihr. Er glaubt, in ihr als ewig Umherschweifender und Suchender sein Zuhause, seine Geborgenheit zu finden. So braucht er, ganz im Gegensatz zum Zwilling, keinen Kompaß, um wie dieser an den Ausgangspunkt seiner Entdeckungsreisen zurückzufinden, er braucht vielmehr den Wohnwagen, um immer unterwegs zu Hause zu sein.

In jedem Schützen ist von dem Urbild etwas geblieben, daß die Vielfalt des Lebens in einer ewigen Ordnung zu finden sei, daß das Kleine immer in bezug zum Ganzen lebendig sei, daß Leben und Gesetz in einem höheren Kosmos zu finden sind. Nicht zufällig forderte Heinrich Heine, wichtige literarische Neuerscheinungen oder Ideen astrologisch zu erklären. Er war ein Schütze wie Papst Leo X., der einen päpstlichen Lehrstuhl für Astrologie errichtete.

Weil der Schütze mit seinen Verhaltensmechanismen den Antrieb aus jener Welt außerhalb bezieht, treibt es ihn unentwegt nach den unbekannten, fernen Zentren. Sein Fernweh ist geradezu sprichwörtlich. Solange er in umherschweifender und suchender Bewegung ist, bewußt oder unbewußt des Weges gehend, fühlt er sich wohl, ist sein Verhaltensinstrumentarium befriedigt und ausgelastet. Die Analogie des Pferdes entspricht hier durchaus dem Schützen. Es ist seit altersher das Symbol der Bewegung in die Weite, das sich in der Mythologie bisweilen als Flügelroß oder Pegasus darstellt, die Seelen an anderen Orten weilen läßt und die Weiten der Phantasie aufreißt.

Rainer Maria Rilke

Diese Grundhaltung des Schützen, in der Ferne das Ziel der Sehnsucht zu finden, ruhelos unterwegs zu sein zu einem fernen Zentrum der Geborgenheit, durchzieht die Äußerungen der Schützen überall dort, wo sie grundsätzlich werden, von den Dichtern Hans Carossa über Stefan Zweig und Rilke bis zu Heinrich Heine. Paul Klee meint dieses Grundgefühl, wenn er sagt, daß er »diesseitig gar nicht faßbar sei«, und daß er etwas näher der Schöpfung wohne als üblich. »Und noch lange nicht nahe genug.«

Der dynamische Schütze

Je mehr die Geschichte fortschreitet, desto weniger Möglichkeiten bleiben dem Schützen zu unentwegter, umherschweifender Bewegung. Die Organisierung der Welt und ihrer Erlebniswege

Paul Klee

machen es ihm schwer, zu seinem Selbstverständnis zu kommen. Daß es aber trotzdem, unabhängig von der Scheinromantik der Reisegesellschaften oder den Konservaten des sozialen Lebens, noch zu echtem Abenteurertum kommen kann, zeigen die Lebensläufe der Schützen auch heutzutage noch. Etwa Winston Churchill, der als junger Mann innerhalb weniger Jahre alle Kontinente besuchte, war ständig gefährlichen Situationen ausgeliefert. Eine abenteuerliche Flucht aus der Gefangenschaft machte

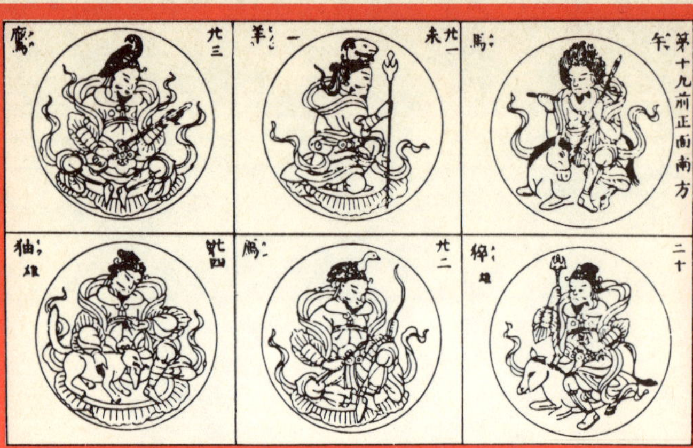

Die Sternenheerführer, altchinesische Darstellung

ihn erstmals bekannt. Willy Brandt flüchtete als kaum Volljähriger vor dem NS-Regime in einem Fischkutter über die Ostsee, arbeitete dann wieder in Deutschland im Untergrund, war Journalist im spanischen Bürgerkrieg und entwischte schließlich, wieder in Norwegen, als norwegischer Soldat getarnt, der Gestapo nach Schweden. Ernst Toller, Repräsentant des expressionistischen Theaters, war voller sozial-revolutionärer Ideen, kommandierte die Truppen der bayerischen Räteregierung und wurde später als ›roter König von Bayern‹ verurteilt. Nach der Aufführung seines Erstlingswerkes verließ er das Zuchthaus als berühmter Dramatiker.

Aber es müssen nicht immer die großen Beispiele sein. In jedem Schützen liegt der Drang zur Bewegung, zum Abenteuer und dazu, sich an Ideen entzünden zu können. Ihm wird die Welt zu klein, denn ein Schütze steht immer unter Feuer, ist immer unter Dampf. Die Bewegung muß erhalten bleiben. Für den Schützen gilt immer die Losung »volle Fahrt voraus«. Er ist wie ein Rad, das sich nur durch Bewegung im Gleichgewicht erhält. Sein ganzes Weltbild muß optimistisch sein. Er ist wie Fürst Leberecht von Blücher, der Marschall Vorwärts, von ungestümer Dynamik, ob im Handeln oder in mitreißender Beredsamkeit. »Wenn ich in mir etwas höre, dann ist es immer das große Orchester«, sagt Ludwig van Beethoven. Und wenn man weiß, daß Hector Berlioz, der nur deshalb keine Raketen im Orchester verwandte, weil es sie noch nicht gab, ebenfalls ein Schütze war, dann vervollständigt sich das Bild.

Ein Schütze ist gigantisch nur in der Bewegung, im Handeln, im Verfolgen ideeller Ziele oder in geistigen Höhenflügen. Er weiß das instinktiv. Ohne Bewegung verliert er sein inneres Gleichgewicht, wird er unsicher bis zur Lethargie.

So entsteht der Eindruck vom Schützen mit fliegenden Rockschößen. Der Schütze ist innerlich immer von etwas erfüllt, von einem fernen Ziel, das anzieht, das Richtung gibt. Notfalls kann sich ein Schütze an sich selbst begeistern. Was ihn in der Bewegung stört, schiebt er beiseite, aber nicht etwa durch brachiale Gewalt, sondern allein durch Tempo, zielgerichtet, gewandt und bisweilen unbedenklich. Vielfach ist er dabei in Gefahr, sich selbst zu überholen.

Papst Leo X., der Medici, dessen Bedeutung wohl mehr in die Geschichte der Geisteswissenschaften und der Kunst gehört als in die Kirchengeschichte, führte zum Beispiel den Ablaß ein, um die Finanzierung für den Bau der St. Peterskirche in Rom zu gewährleisten. Das Selbstverständnis des Ziels erfüllt die gesamte Person des Schützen. Er muß, um die Bewegung zu erhalten, vom eigenen Schwung überzeugt sein. Das zeigt sich vielfach drastisch in der Selbstüberzeugung, die mehr oder weniger deutlich bei allen Schützen zum Vorschein kommt. »Mir zur Feier« hieß der erste Gedichtband Rilkes. Und Christine von Schweden meinte: »Schon in der Wiege bewunderte mich ganz Schweden.« Nicht zuletzt aber in dieser Selbstüberzeugung liegt die mitreißende, bisweilen umwerfende Überzeugungskraft des Schützen.

Begleiter der Selbstsicherheit sind die Großmut und Ritterlichkeit, die ebenfalls manchmal unbedenklich sind. So hielt Winston Churchill auch während des Krieges nicht mit Lob über den deutschen General Erwin Rommel zurück, was ihm vielfach Mißbilligung seiner Landsleute zuzog. Hierin zeigt sich die wirkliche Größe des Schützen. Dank seiner Einsichtigkeit und Eindrucks-Offenheit mit dem Drang nach der Einheit allen Lebens, ist er derjenige, der aussöhnen, entspannen, verbinden will. »Seid umschlungen Millionen, diesen Kuß der ganzen Welt« vertonte der Schütze Ludwig van Beethoven. Und der Dichter, der Skorpion Friedrich Schiller, steht zumindest im Verdacht, einen Schütze-Aszendenten gehabt zu haben.

Die Jongleure des Lebens

Ein junger Mann, der, um sich für eine Aufgabe zu empfehlen, seine Geschicklichkeit und Wendigkeit ins Feld führen wollte, sagte von sich: »Ich bin wie ein Delphin.« Der Mann war ein Schütze. Und in der Tat gibt es keinen Vergleich, der das Bild des

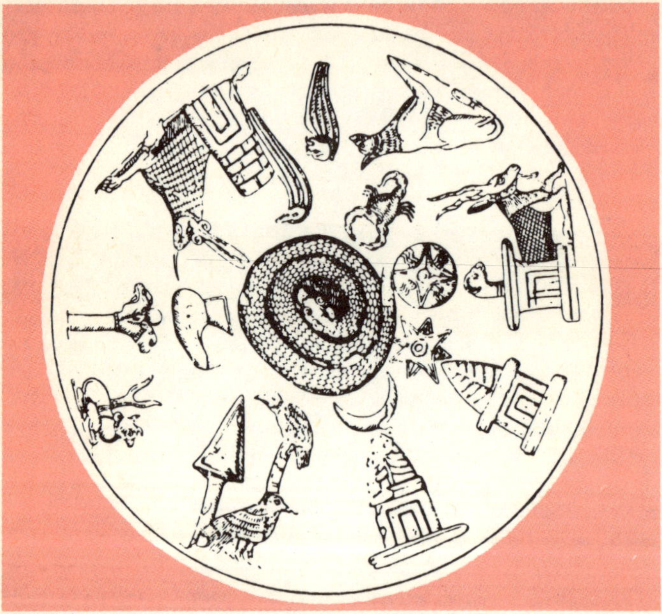

Grenzstein aus der Zeit Mardukpaliddius I. (1189–1176 v. Chr.) mit Tierkreis- und Planetenbildern

direkten Verhaltens des Schützen besser ausdrückt. Es ist die Geschmeidigkeit der Form, die die Reibungsflächen und Widerstände verringert. Es sind Geschicklichkeit, Intelligenz, schnelle Auffassung und nicht zuletzt Eleganz, die den Schützen auszeichnen.

Ein Schütze kennt keine Konfrontation, er kennt nur sein Ziel. Er wird sich also durch Auseinandersetzungen nicht aufhalten lassen. Er gleicht einem Menschen, der überfüllte Straßen und

Plätze gewandt und geschickt durcheilt. Man merkt es schon am Auftreten. Der Schütze ist freundlich, verbindlich, aber ohne Griff und Henkel. Bisweilen verbirgt er sich auch hinter der Geschmeidigkeit der Form.

Der Schütze hat ein ganz anderes Lebensgefühl als der Skorpion, der durch Martin Luther interpretiert sagt: »Hier stehe ich, ich kann nicht anders«. Ein Schütze kennt sein Ziel, ein nahes,

Altchinesische Tierkreisdarstellung

übernächstes oder fernes, aber keineswegs ein Ziel, das in die Umwelt eingreifen und Widerstände brechen will. Insofern wird er Widerstände beiseite lassen, geschickt, wendig und beredsam. Schützen sind die Jongleure, die Rastellis (der übrigens ein Schütze war!) des Lebens. Dabei aber keineswegs geduckt oder hinterhältig, sondern stolz und mit Selbstüberzeugung. Sie haben Freude am Florett, an der Geschicklichkeit, und sie sind enttäuscht, wenn man ihnen mit biederem Ernst begegnet. Einen

Astrolab aus Indien um 1610, Vorderseite (rechts) und Rückseite (links)

Schützen bekommt man nicht so leicht zu fassen, denn seine Beredsamkeit ist überwältigend, und Auseinandersetzungen sollte man sich sparen. Der Schütze will sie sowieso nicht; er will nur seine Bewegung auf ein Ziel hin erhalten. Im übrigen sind Schützen dementsprechend gute Autofahrer mit bisweilen riskant erscheinenden Manövern. Es ist hier wie in ihrem Naturell: In der Bewegung sind sie sicher; Fehler machen sie nur, wenn sie aus dem Fluß gebracht werden, wenn sie langsam sein müssen. Unter den Gesetzgebern, die die Geschwindigkeitsbegrenzung einführten, dürften deshalb Schützen in der Minderheit gewesen sein. Womit nicht gesagt sein soll, daß sie nicht auch für den Schützen bisweilen zu Recht besteht.

Der Schütze und der Beruf

Wenn Sie einen dynamischen Mann mit Initiative und Schwung suchen, dann haben Sie in einem Schützen den richtigen gefunden. Allerdings müssen Sie genügend Motivationen bereithalten, an denen sich sein Interesse entzünden kann.

Trotz seiner Anfälligkeit für verstiegene Pläne oder einer gewissen geistigen Ausschweifung bleibt der Schütze kühl und klar. Die Illusion ergreift keineswegs sein Wesen, sondern nur die Vorfühler des Denkens. Und wenn es darauf ankommt, kann er ganz kühl und präzise rechnen und kalkulieren.

Immerhin hält der Schütze alles für möglich, und Sie selbst werden im nachhinein staunen, wieviel davon wirklich möglich wurde. Wenn Sie allerdings den vollen Enthusiasmus des Schützen bekommen wollen, dann sollten Sie ihm möglichst viel Unabhängigkeit einräumen. Er wird dann alle seine Fähigkeiten und Talente einsetzen: Dynamik, Überzeugungskraft, Einsicht, Gefühl für Stimmungen, Wendigkeit und Geschicklichkeit sowie eine schnelle Auffassung. Womit Sie allerdings zu kämpfen haben werden, das ist sein Fernweh, sein Wanderdrang, sein Erlebnishunger. Aber auch der gibt sich mit den Jahren, so daß man nur etwas Geduld haben muß. Eines hilft dabei allerdings immer: Man muß Begeisterung wecken, Ziele schaffen.

Die Fähigkeiten des Schützen sind in allen Berufszweigen durchschlagend, ob in der Wirtschaft oder im kulturellen Bereich, ob als Geschäftsführer oder Kellner, ob als Wissenschaftler oder

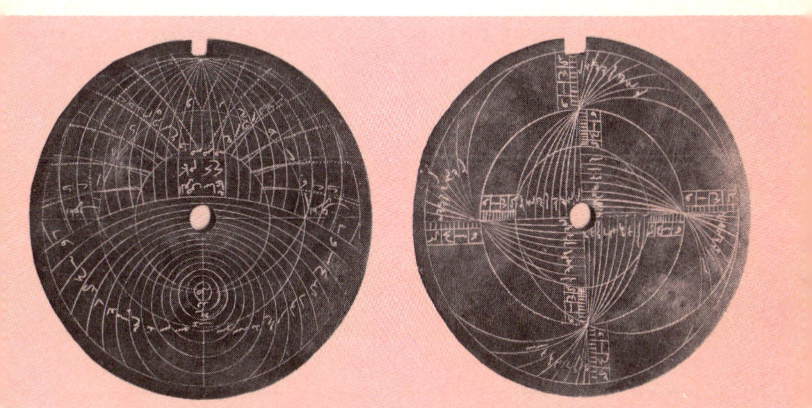

Astrolab aus Indien um 1610 (Einsatzscheiben)

Ein Astrologe empfängt einen Kunden, englische Zeichnung aus dem 17. Jahrhundert

Presse-Chef. Schützen machen vielfach eine schnelle Karriere. Mit ihrem angeborenen Instinkt stolpern sie bisweilen direkt in den Erfolg.

Der Schütze und die Liebe

Der Schütze-Mann

Wenn Sie einen Schützen zum Partner wählen, dann sollten Sie – in seinem Interesse – daran denken, daß in ihm möglicherweise die Urrudimente der Wildkatze aufsteigen. Das heißt, Sie wählen keinen Stubenhocker, keinen biederen Hausvater. In Ihrem Leben bewegt sich dann einiges. Der Schütze liebt Geselligkeit und Romantik. Er ist derjenige, der im Kreis von Freunden am Lagerfeuer sitzt und zur Gitarre singt oder aber redet und erzählt.

Es müssen nicht immer Märchen sein, aber wenn er nicht gerade jemanden überzeugen will, dann wuchert bei ihm die Phantasie sehr üppig. Bisweilen wird er zum Alleinunterhalter, will etwas glänzen, das Gefieder spreizen. Das Leben wird für Sie so etwas wie eine Schaubühne, aber Sie sind davon nicht ausgeschlossen. Allerdings stellt der Schütze dabei einige Anforderungen an Sie. Es kann Ihnen passieren, daß er Ihnen beim Einkauf die Kleider aussucht. Außerdem müssen Sie repräsentieren können. Heinrich Heine zum Beispiel schickte seine Frau nach der Heirat zu

Mittelalterliche Umgestaltung der altägyptischen Dekangötter nach arabischen Quellen

Bildungszwecken in ein Internat. Nun geht nicht jeder Schütze gleich so weit, aber mit einigen Schritten in dieser Richtung müssen Sie wohl immer rechnen. Ein Schütze läßt sich auch von seinen Ideen und Zielen nicht abbringen, und Sie können nichts Schlimmeres tun, als ihm eine noch so abstruse Idee zu zerstören. Er braucht den Weg dorthin, die Motivation und nicht das Ziel selbst. Sie können also großzügig sein und brauchen nicht die geringste Angst zu haben, daß er eine Utopie dann tatsächlich verwirklichen will.

Wenn Sie das alles wissen – und manches werden Sie in Bahnen lenken können (aber bitte nicht zuviel) –, dann haben Sie einen treuen Partner, optimistisch, versöhnlich, trotz mancher scheinbaren Leichtfertigkeit erfolgreich und aufgeschlossen. Mit einem Schützen geht das Leben nicht an Ihnen vorbei. Der Kreislauf ist ständig belebt. Nicht zuletzt ist er ein geborener Charmeur mit viel Sinn für Lyrisches, auch in fortgeschrittenen Ehejahren. Nur eines dürfen Sie nicht: ihn mißtrauisch einsperren. Dann erreichen Sie das, was Sie verhindern wollen.

Nebeneinanderstehende Paramatellonta, Illustrationen zu einer mittelalterlichen Handschrift

Die Schütze-Frau

Schütze-Frauen haben meist etwas vom Zauber der Südsee. Gemeinsam ist ihnen vielfach der Instinkt für Bewegungen. Selbst wenn sie die Natur weniger mit Schönheit gesegnet hat, vergißt man das, wenn man sie in Bewegung, in Aktion, im Umgang erlebt. Die Schütze-Frau strahlt damit eine Faszination aus, der sich nur wenige Männer entziehen können. Es kommt

Sternenopfer, arabische Darstellung aus dem Codex Bodl. Or. 133

Die Häuser und Türme der Planeten mit Tierkreiszeichen, frühmittelalterliche Buchillustration

hinzu, daß sie einerseits unkonventionell und aufgeschlossen, andererseits aber phantasievoll und (auf lange Strecken des Lebens) verspielt ist. Zur Schütze-Frau gehört die Hauskatze oder wenigstens ein überdimensionales Plüschtier. Darin zeigt sich ihr großes Zärtlichkeitsbedürfnis und das Verlangen, sich anzupassen und anzuschmiegen – jedenfalls zeitweilig. Sie kann nämlich, wenn sie von einer Idee befallen ist, und sie ist leicht entzündbar, durchaus eigenwillig werden und ihre Krallen zeigen.

Wie der Schütze-Mann, ist auch die Schütze-Frau von Fernweh

geplagt. Sie entwickelt schon früh eine ungeheure Begegnungssehnsucht. Hierin liegen ihre Jugendklippen. Die Ferne lockt dann wie ein Irrlicht – und ihre Vertrauensfähigkeit, ihre Begeisterungsfähigkeit und ihr Erlebnishunger werden dann nur zu leicht ausgenutzt. Viele Schütze-Frauen beklagen sich deshalb bisweilen, daß sie viel zu gutmütig seien – und manchmal zu schwach, müßte man ergänzend hinzufügen.

Als Partnerin ist die Schütze-Frau großzügig, läßt sich für Ideen begeistern und geht dann mit ihrem Partner durch dick und dünn. Mit ihrem feurigen Gemüt ist sie wirklich eine vorzügliche Partnerin. Was Sie bei ihr allerdings niemals dürfen, das ist, ihr Mißtrauen und ihre Eifersucht wecken und ihren Stolz verletzen oder sie ins Haus sperren und nur mit der Aufzucht der Kinder beschäftigen. Die Schütze-Frau will an Ihrem Leben teilhaben, sonst geht sie eigene Wege.

Anekdoten über berühmte Schützen

Noel Coward

Noel Coward soll eines Tages zwanzig prominenten Londonern anonyme Briefe mit den Worten geschrieben haben: »Alles ist entdeckt, flieh, solange noch Gelegenheit ist.«

Es wird berichtet, daß siebzehn Angeschriebene am nächsten Tag die Stadt mit unbekanntem Ziel verließen.

Jonathan Swift

Lord Bolingbroke lud Swift zum Essen ein und zeigte die Speisenfolge. Der Dichter entgegnete: »Das Verzeichnis der Gäste erscheint mir wichtiger.«

Mark Twain

Mark Twains Flüche erregten den Widerwillen seiner Frau. Als er sich einmal beim Rasieren geschnitten und sein Repertoire

Mark Twain

heruntergegiftet hatte, wiederholte die Sanftmütige Wort für Wort. Mark Twain starrte sie an und schüttelte den Kopf: »Du hast die Worte, Liebste, aber es fehlt die Melodie.«

Ein Pianist fragte Mark Twain, ob er Klaviermusik liebe.

»Sehr«, antwortete Mark Twain. »Ein Klavier hat mir einmal das Leben gerettet.«

»Nein –«

»Gewiß, der Fluß war über die Ufer getreten. Als das Wasser den ersten Stock unseres Hauses erreichte, schwamm mein Vater auf einer Kommode davon. Ich habe ihn auf dem Klavier begleitet.«

Mark Twain lag im Krankenhaus. Er bat um etwas zu essen und bekam einen Löffel Nährsalz. Er schluckte es und sprach: »Und nun bitte etwas zu lesen, vielleicht eine Briefmarke.«

Der Schütze und die anderen

Bezieht man sich nur auf die Verhaltensweisen der einzelnen Tierkeiszeichen, also auf den Geburtstag (Sonne), so kann man eine Faustregel aufstellen. Die idealste Verhaltenskombination stellen immer die Zeichen dar, die durch ein Zeichen voneinander getrennt sind – also ein Zeichen und das jeweils übernächste. Für den Schützen sind das die Waage und der Wassermann. Dabei ist meistens das im Jahresverlauf vorherliegende Zeichen für die Verbindung bestimmend. Der Schütze wird also durch die Waage bestimmt, der Wassermann durch den Schützen. Gute Kombinationen ergeben außerdem die Verhaltensweisen der Zeichen, die das gleiche Element repräsentieren. Beim Schützen sind das die Feuerzeichen Löwe und Widder. Allerdings ist dies eine Verbindung, die schädlich sein kann, da man sich auch in den Extremen bestätigt und kein korrigierender Ausgleich gegeben ist.

Die Zeichen, die jeweils durch zwei Zeichen voneinander getrennt sind, weisen unvereinbare Verhaltensweisen auf, behindern sich gegenseitig, ohne sich zu ergänzen. Hier herrscht ständiges Reizklima.

Die Verhaltensweisen der Zeichen, die fünf oder sieben Tierkreisstationen auseinanderliegen, sind sich eher fremd. Sie reizen sich nicht und begreifen sich nicht. Es herrscht ein spannungsloses Mißverständnis. Dies sind für den Schützen der Krebs und der Stier. Ähnliches gilt für benachbarte, also unmittelbar aufeinander folgende Zeichen. Dabei herrschen verschiedene Motivationen auf gleicher Ebene vor, was meistens zu stärkeren Kontroversen führt.

Die sich gegenüberliegenden Zeichen ergeben in der Kombination ständige produktive Auseinandersetzungen, die sich aus der Gegensätzlichkeit der Verhaltensmotive entwickeln. Man hält sich gegenseitig in Schach. Dieses Gegenüberstellen von Tierkreiszeichen ist für Partnerschaften nicht nur produktiv, sondern auch harmonisch, wenn nicht nur der Geburtstag, sondern auch die Geburtsstunde (Aszendent) einbezogen wird. Es ist wohl die idealste Kombination für das Zusammenleben, wenn der eine Partner seinen Aszendenten in dem Zeichen hat, in dessen Bereich der Geburtstag des anderen fällt. Die Verhaltensweise des einen entspricht dann der Anlage des anderen. Hier kann allerdings nur über die Verhaltensweisen und nicht über die Anlagen gesprochen werden.

Schütze und Widder

Wenn ein Widder in der Tombola der Tierkreiszeichen einen Hauptgewinn zieht, hat er einen Schützen gewonnen. Man versteht sich, ohne belastende Zugeständnisse machen zu müssen. Jeder darf das sein, was er ist. Der Partner wird nicht mit Verhaltensweisen belastet, die ihm wesensfremd sind. Die Großzügigkeit beider Zeichen garantiert eine Verbindung von dauerhaftem Bestand.

Der Schütze ist das dritte Feuerzeichen im Tierkreis. Wie bei Widder und Löwe, so ist auch seine Grundlage die Energie. Dem Widder geht es um Selbstdurchsetzung, dem Löwen um die Durchsetzung der seelischen Potenz, dem Schützen um die geistige Expansion. Deshalb finden sich in seinem Verhalten sehr viele Eigenheiten, die für die sogenannten Feuerzeichen typisch sind, doch seine Aggressivität ist weniger hautnah, die Impulsivität eher spontaner Einfallsreichtum. Keinesfalls kann er mit der seelischen Eitelkeit des Löwen konkurrieren. Der Schütze ist geistig eitel.

Die Überwindung des Lebendigen hat sich im Skorpion vollendet. Mit dem Stadium des Schützen verläßt der Tierkreis endgültig die Begrenzung und Auseinandersetzung im seelischen und materiellen Raum. Der Schütze ist das Symbol der Weite, der unendlichen Ausdehnung. Man könnte ihn einen »Einsichten-Sammler« nennen. Er liebt die geistige Ausschweifung. Neben dem Fisch ist er ein Zeichen, zu dessen wesentlichen Merkmalen eine fast unbegrenzte Toleranz gehört. Er ist großzügig in der Gegenwart, weil er immer schon in der Zukunft lebt. Kein Wunder also, daß sich der Widder hier heimisch fühlt, denn hier hat er Platz und Verständnis.

Schütze und Stier

Die Verbindung zwischen einem Stier und einem Schützen ist ein guter Nährboden für viele Mißverständnisse. Ein Stier ist immer

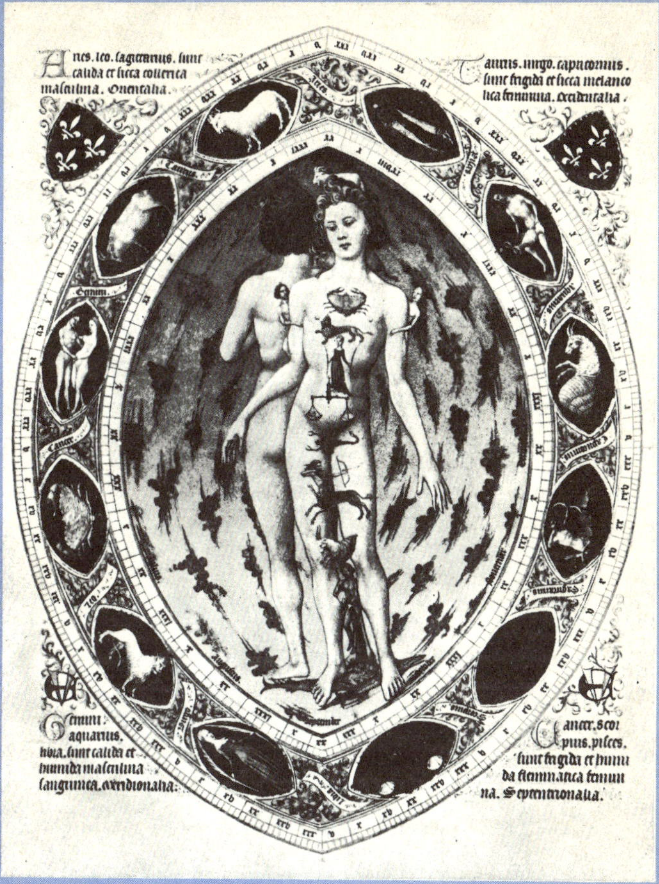

Tierkreiszeichenmann aus dem Stundenbuch des Herzogs von Berry, 16. Jahrhundert

dann bereit, eine solche Verbindung einzugehen, wenn ihn, was selten genug passiert, die Sehnsucht nach Weite und Abenteuer bedrängt. Meistens ist das beim Stier ein Zeichen für einen unbefriedigenden Status. Der Schütze dient also zur Kompensation. Andererseits ist der Stier für den Schützen so nützlich wie der

Neuere Fassung einer mittelalterlichen französischen Darstellung der zwölf Tierkreiszeichen in Verbindung mit den jeweils dazugehörigen landwirtschaftlichen Tätigkeiten. In der Mitte eine alte Sonnenuhr. 1. Der Widder mit Rebstockpflege und Verschneiden der Bäume und Sträucher. 2. Der Stier mit dem Schneiden des ersten Grüns für die Maifeier. 3. Die Zwillinge mit der Falkenjagd. 4. Der Krebs mit der Heuernte. 5. Der Löwe mit dem Mähen des Getreides. 6. Die Jungfrau mit dem Dreschen des Getreides. 7. Die Waage mit dem Keltern des Weins. 8. Der Skorpion mit der Aussaat für das nächste Jahr. 9. Der Schütze mit der Schweinemast. 10. Der Steinbock mit dem Schlachtfest. 11. Der Wassermann mit dem Festmahl zu Ehren des zweigesichtigen römischen Gottes Janus. 12. Die Fische mit dem Ausklang der winterlichen Ruhezeit.

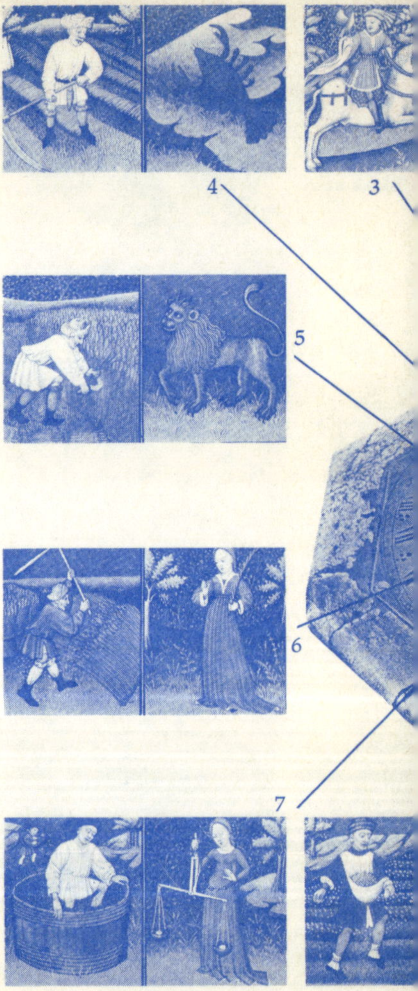

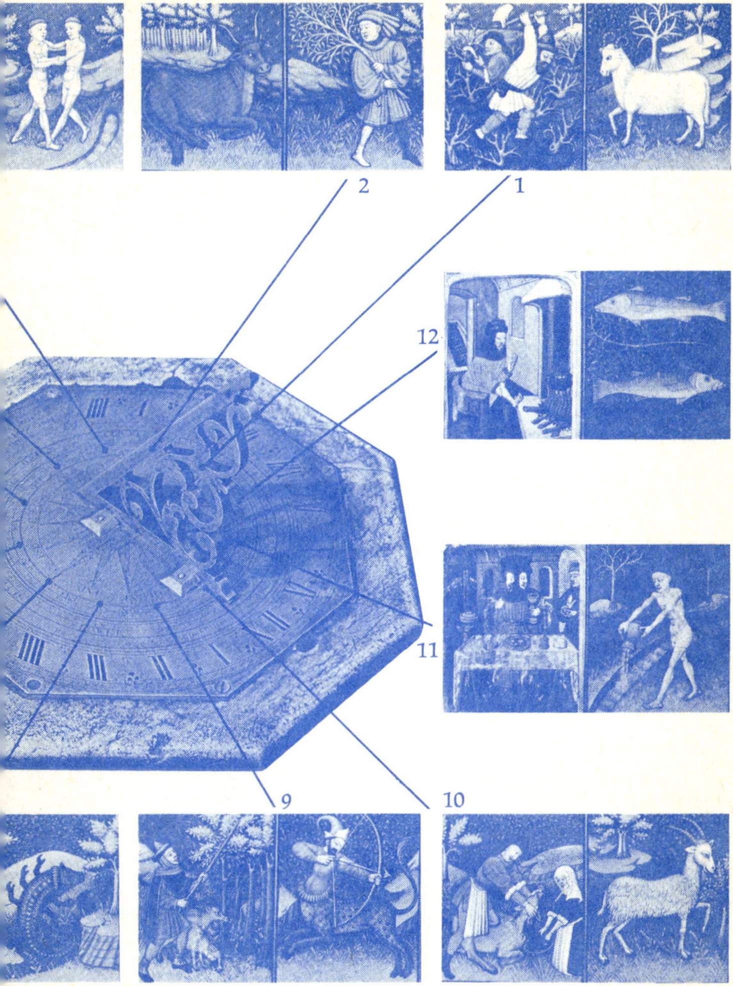
2
1
12
11
9
10

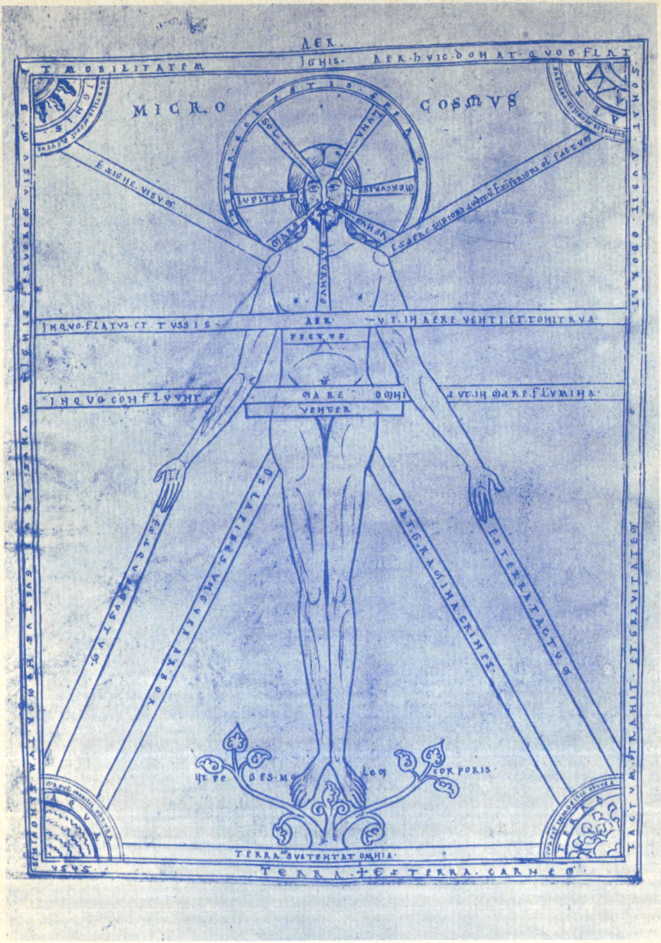

Der Kosmosmensch nach Honorius von Autun, Handschriftenillustration aus dem 12. Jahrhundert

Hafen für ein Linienschiff. Man läuft ein, ruht sich aus und fährt weiter. Der Versuch des Stiers, den Schützen im Hafen zu halten, endet immer mit Tränen. Außerdem ist der Schütze in seiner Lebensführung sehr unkonventionell. Er hat eine Art, sich zu kleiden, daß von Anpassung an Zeitgeschmack und Umgebung keine Rede sein kann. Das stört den soliden, umweltbewußten Stier außerordentlich. Alles in allem: Eine solche Verbindung hat wenig Erfolgsaussichten und ist meistens nur vorübergehend.

Schütze und Zwillinge

Die Verhaltensweisen von Zwilling und Schütze bilden Kontraste auf einer gemeinsamen Ebene. Es ist das Prinzip der gegensätzlichen Ähnlichkeit. Während der Zwilling Fakten, Kennzeichnungen und Unterschiede sammelt, immer gegenwärtig ist und in der Realität nach den Regeln der Verhältnismäßigkeit lebt, sammelt der Schütze Eindrücke und Einsichten bis zum Übermaß. Er lebt mit Phantasie und Hoffnung in der Zukunft und ist deshalb in der Gegenwart so großzügig und tolerant. Sein Verhältnis zur Realität wird von den Einsichten bestimmt, mit denen er gerade befaßt ist.

Diese Kontraste haben einen gemeinsamen Nenner. Zwilling und Schütze verstehen sich als Einzelne, sie sind beide auf Erfahrungssuche. Die Bereitschaft für das Neue spiegelt sich im beiderseitigen Verhalten ständig wieder und wirkt verbindend. Dabei droht der Schütze manchmal unter der Last der gesammelten Eindrücke zusammenzubrechen, da er sie nicht immer koordinieren kann. Er verliert sich dann zu leicht in Ideen, Phantasien und Utopien. In solchen Fällen ist dann der Zwilling eine reine Medizin. Er hält den Schützen in der Verhältnismäßigkeit zur jeweiligen Realität. Dafür erhält der Zwilling vom Schützen einen Hauch von Weite. Er profitiert davon, daß der Schütze soviel neue Eindrücke zusammenträgt.

Es liegen aber auch Spannungsmöglichkeiten in dieser Verbindung. Den nüchterneren Zwilling, der nicht gern Aufwand treibt, stört die dekorative Komponente im Schützeverhalten. Umgekehrt findet der Schütze den Zwilling bisweilen ernüchternd – vor allem dann, wenn sich dessen Interesse an den Konturen eines Vorgangs erschöpft.

Schütze und Krebs

Obwohl die Feuerzeichen für den Krebs nicht ideal sind, ist die Verbindung mit einem Schützen immer noch harmonischer als die Verbindung mit einem Widder oder Löwen. Zum großzügigen Lebensgefühl gesellt sich beim Schützen noch ein überdurchschnittliches Maß an Verständnis und Einsichtigkeit. Und wie beim Krebs, so lebt auch beim Schützen die Gegenwart vielfach von der Zukunft. Der Krebs braucht die Zukunft als Platz für seine guten Vorsätze; den Schützen treibt die Sehnsucht in die kühnsten Zukunftsvisionen, denn die allen Feuerzeichen gemeinsame Expansion ist bei ihm rein geistiger Natur.

Der Schütze ist ein Einsichten- und Eindrucks-Sammler, der aus mangelnder Koordination oft unter der Last vielfältiger Einsichten zusammenzubrechen droht. Daraus ergibt sich die einzige stabile Grundlage einer Krebs-Schütze-Verbindung, denn das disziplinierte, präzise Denken des Krebses kann dem Schützen zum stabilisierenden Korsett werden. Die Verzettelung und Zerstreuung der Ziele wird dann auf ein Mindestmaß reduziert. Andererseits erhält der Krebs durch den Schützen Schwung und Auflockerung. Die an trüben Tagen stehenden Wasser des Krebses kommen in Bewegung.

Wenn sich auch die Eigenschaften von Krebs und Schütze in gewisser Hinsicht ergänzen können, so sind doch Gefahrenmomente zu beachten. Vor allem die ausgeprägte Neigung des Krebses zur Eifersüchtelei kann problematisch werden. Schützen sind unkonventionell und weltoffen, und das bezieht sich nicht nur auf neue, originelle Ideen. Auch für einen gelegentlichen Flirt ist der Schütze zu haben. Zu einem ernsthaften Ausbruchsversuch kommt es aber nur dann, wenn ihm der Partner mit ständigem Mißtrauen begegnet. Schützen laufen nämlich nicht gern an der Leine, und sei sie auch aus Sanftmut geflochten.

Schütze und Löwe

In einer Verbindung von Löwe und Schütze treffen die Verhaltensweisen zweier Feuerzeichen aufeinander. Das agile und bewegliche Grundgefühl hat man also gemeinsam. Auch die Lust zum Abenteuer und die schnelle Reaktion auf Umweltreize ist

Das geozentrische astrologische Universum, holländische Karte aus dem 17. Jahrhundert

beiden Zeichen eigen. Und weil sie beide in einem expansiven Lebensgefühl ihr Selbstverständnis finden, haben sie alle Bremsen wie Vorsicht, Skepsis oder gar Mißtrauen aus ihrem Verhaltenskatalog entfernt. So sind beide unbefangen, von sorgloser Art und aufgeschlossen. Kurzum, die Verhaltenseigenschaften entsprechen einander, und man versteht sich im täglichen Leben prächtig, ohne sich möglicherweise dabei zu ergänzen. Es ist die

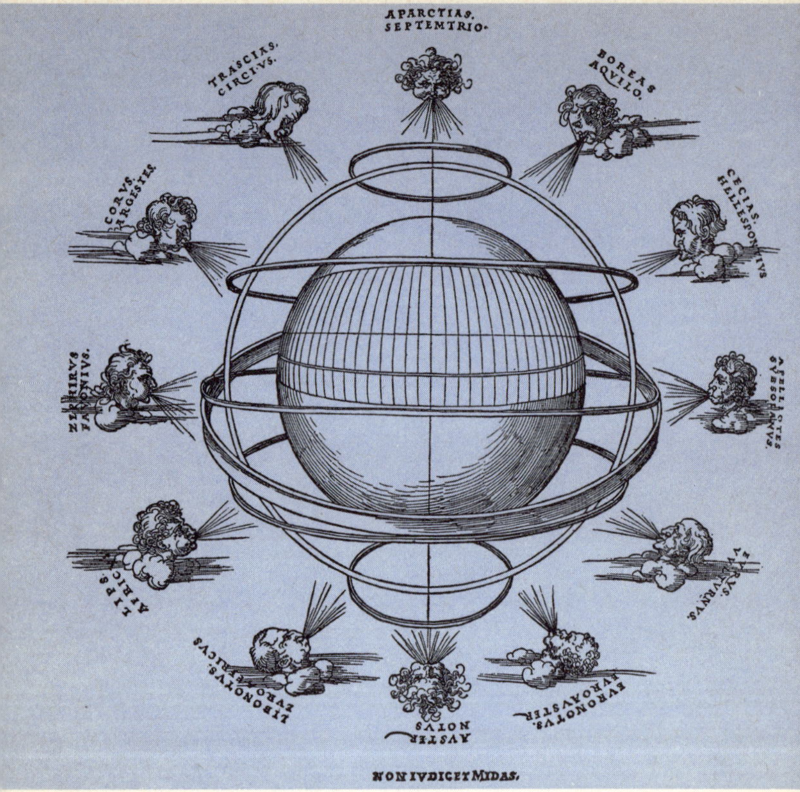

Die Armillarsphäre, Holzschnitt von Albrecht Dürer

Gefahr der gleichen Elemente, die sich in ihren Extremen bestätigen, ohne sich bisweilen eine notwendige oder sinnvolle Entgegnung zu sein.

Allerdings, so entsprechend die Verhaltenseigenschaften auch sind, so verschieden ist deren Herkunft. Das zeigt sich schon bei der Eitelkeit, die für beide Zeichen charakteristisch ist. Während der Löwe mehr einer seelischen Eitelkeit frönt und sich bisweilen zur Schau stellt, neigt der Schütze zu einer geistigen Eitelkeit. Er schmückt sich gerne mit dekorativen Idealen und gibt sich das

Image des Feinnervigen. Und wenn der Löwe deshalb tolerant und großzügig ist, weil er heute lebt und auch morgen nicht festgelegt sein will, so ist der Schütze großzügig, weil er weniger in der Gegenwart als in seinen Hoffnungen, Spekulationen und Interessen lebt.

Die Ähnlichkeiten der Verhaltensform und die Verschiedenheiten ihrer Herkunft ließen sich beliebig fortführen. So ist die Verbindung von Löwe und Schütze ein Beispiel dafür, daß man sich zwar im gegenseitigen Verhalten entspricht und versteht, jedoch dabei die Gefahr besteht, daß man sich in seinen Eigenschaften gegenseitig übersteigert. Die Grenze der natürlichen Hemmungen wird damit hinausgeschoben, eigene Begrenzungen und Disziplinierungen werden aus der Hand gegeben und der Außenwelt oder dem Schicksal überlassen.

Fazit: eine harmonische Verbindung mit Freude am Extremen.

Schütze und Jungfrau

Eine Verbindung von Schütze und Jungfrau birgt viele und auch vielschichtige Probleme. Beide sind in astrologischer Terminologie sogenannte Funktionszeichen entgegengesetzter Richtung.

Die Jungfrau ist die Reaktionsfolge auf den subjektiven Lebenstrieb des Löwen. Sie will das Eigenleben bewußt und damit lebensfähig machen, das harte Aufeinandertreffen mit den Umweltbedingungen ausgleichen. Hingegen ist der Schütze eine Reaktionsfolge auf die Überwindung des Eigenlebens, die sich im Skorpion zugunsten außerpersönlicher Leitbilder, Bedürfnisse und Notwendigkeiten vollzieht. Der Schütze ist also, dank der Vorarbeit des Skorpions, offen für die Welt.

Die Verhaltenseigenschaften beider Zeichen sind damit dementsprechend diametral ausgerichtet. Bei der Jungfrau die Verhaltenheit, die bewußte Disziplinierung und Zurückhaltung, die angemessene Beziehung zur Umwelt, beim Schützen der expansiv-schwärmerische Zug, das Aufnehmen von Eindrücken und Einsichten, bisweilen bis zur geistigen Ausschweifung. Selbst wenn die Anlagen im Zeichen des Aszendenten bzw. der Geburtsstunde eine harmonische und ergänzende Übereinstimmung als Möglichkeit aufweisen, wird doch die Verschiedenheit des realen Verhaltens immer wieder Störungen hervorrufen.

Schütze und Waage

In einer Verbindung von Waage und Schütze fallen Taktik und Jagdlust zusammen. Revier ist das Leben. Beide ergänzen sich, fördern ihre Stärken, korrigieren gegenseitig ihre Schwächen. Dabei ist die Waage in jedem Fall der dominierende Teil der Verbindung. Sie überlegt, sie setzt vor das Handeln das Denken ein. Und hier liegt auch gleich das Ideale dieser Partnerschaft: Der Schütze handelt, und die Waage ist ihres Problems, der Handlungshemmung, enthoben. Es passiert etwas, ohne daß sie selbst handeln muß. Und weil der Schütze leicht einen allzugroßen Drive bis zur phantastischen Unbedenklichkeit entwickelt, bekommen ihm die abwägenden Überlegungen der Waage recht gut. Eine Symbiose also, die für den gemeinsamen Lebenserfolg bürgen sollte.

Aber auch im täglichen Zeremoniell versteht man sich glänzend. Man liebt Gesellschaft, Außenweltreize, pflegt Freundeskreise und ist beiderseits für gesitteten Umgang. Die repräsentative Waage paßt gut zu den dekorativen Idealen eines Schützen. All das dringt auch im Alltag durch und wirkt sich auch in den selbstverständlichsten Gewohnheiten aus. Die Verbindung ist also von der Substanz her problemlos. Im übrigen sind beide tolerant und haben das bestimmt auch nötig.

Schütze und Skorpion

Verbindungen von Schütze und Skorpion bieten auf Grund der Verhaltensweisen keine idealen Voraussetzungen für eine dauerhafte Bindung. Ausnahmen mögen die Regel bestätigen.

Das Problem liegt vor allem darin, daß der Schütze in seinem Expansionsdrang die Grundsätzlichkeit des Skorpions behindert. Der Schütze ist ein Bewegungsnaturell und ständig damit beschäftigt, Eindrücke zu sammeln, um erst sehr viel später zu sehen, ob sie sich koordinieren lassen. Er will die Bewegung in das Neue, ist zudem geistig verspielt und eher spekulativ. Und weil sich dies alles auch im täglichen Verhalten niederschlägt, bleibt für einen Skorpion nicht mehr viel an Übereinstimmung.

Der Skorpion braucht neue Eindrücke nämlich nicht als Brennstoff, sondern höchstens dazu, sie seinem festen Denkmo-

Astrologe in einer Geburtsstube, Jost Amann zugeschriebener Holzschnitt

dell einzuverleiben, es hier und dort auszupolstern. Er hat seinen fixierten geistigen Status.

Den grundsätzlichen Unterschied zeigt wohl am besten das gegensätzliche Verhaltensmuster von Schütze und Skorpion im Falle einer Krise. Das Wasserzeichen Skorpion wird dann verharren und Sicherheit in Konzentration und Erstarrung finden. Das Feuerzeichen Schütze wird seinem Selbstverständnis nach jede Krise in Bewegung, in expansiven Drang umsetzen. Bewegung hebt beim Schützen die Angst auf. Also besteht schon allein deshalb die Gefahr, daß zumindest bei erster Belastung grundsätzliche Divergenzen auftauchen.

Treffen zwei gleiche Verhaltensweisen in einer Verbindung aufeinander, so wird wohl der Geburtsstunde, also dem Aszendenten mit seiner Anlagequalität, besondere Bedeutung zukommen. Im allgemeinen aber dürften sich die gleiche Modalität der Ausdrucksweise, die gleiche Art der Lebensführung eher ausschließen. Man mag sich in der Reaktion auf die Umwelt sowie in der

Arabische Tierkreisdarstellung mit den zwölf Gestalten der Sternbilder, Götterbilder und Tiersymbole sowie den sieben Gottheiten der Planeten. In der Mitte der Schicksalsvogel

jeweiligen Handlungsweise gegenseitig vertraut sein, jedoch mehr im Sinne einer Spiegelung als ausgleichend oder gar ergänzend. Man könnte sich auf die Dauer durch die partnerschaftliche Gleichartigkeit des Verhaltens eher gestört, irritiert oder sogar beengt fühlen.

Die Neigung, eine Verbindung des gleichen Zeichens einzugehen, entspringt vielfach dem Motiv, Schutz und Geborgenheit in der Vertrautheit des eigenen Selbstverständnisses zu finden, ohne aus sich herausgehen zu müssen. Man sucht also Selbstbestätigung ohne die für die Entwicklung notwendige Auseinandersetzung. Vielfach ist das ein Hauch von Narzißmus aus seelischer Sperre oder auch Angst vor dem Leben.

Setzt aber eine solche Entwicklung ein, dann ist es der Expansiv-Charakter, der Bewegungsdrang des Schützen, der diametral auseinanderführt. Was der Schütze als Partner eher braucht, wenn er sich einmal verflogen hat, das ist ein Partner mit sanfter Fallschirmwirkung.

Eine Verbindung zwischen zwei Schützen ist also nicht unbedingt empfehlenswert und bedarf zumindest eingehender Prüfung. Selbstverständlich, so muß hier wiederholt werden, kann die Anlage im Signum des Aszendenten ausgleichen oder gar fördern.

Schütze und Steinbock

Eine Verbindung zwischen Schütze und Steinbock ist, allein von den Verhaltens-Modalitäten her, nicht das, was man einen Idealfall nennen könnte.

Auf einen kurzen Nenner gebracht, liegen die beträchtlichen Gegensätze in der expansiven Grundhaltung des Schützen, die gegen die beschränkende, regelnde und formierende Maßstäblichkeit des Steinbocks steht.

Der Schütze muß sich motivieren, er braucht Ziele, und wenn auch nur ungefähre, um unterwegs zu sein, um durch Bewegung im Gleichgewicht zu sein. Der Steinbock dagegen regelt auf Maßstäbe hin, die er einmal akzeptiert hat, um die er ringt, oder die als Ordnungs-Maßstäbe der Gemeinschaft fungieren und damit festliegen.

Die Folge ist, daß der Steinbock den Schützen an der Bewegung hindert, ihn aus dem Gleichgewicht seines Selbstverständnisses bringt und seelisch irritiert. Der Schütze wiederum reißt den Steinbock ständig aus der Verankerung und verunsichert ihn damit.

Irgendeinmal wird sicher einer von beiden die Überhand gewinnen. Damit bessert sich die Gesamtlage aber auch nicht. Enttäuschungen, Mißverständnisse beginnen sich einzugraben, und es wird nicht lange dauern, bis auf einer Seite die erste äußere

Einem Kind wird das Horoskop gestellt, römisches Relief aus dem zweiten Jahrhundert nach Christus im Detail

Schuld oder Verfehlung sich einstellt. Insgesamt also eine Verbindung, die Mißverständnisse nährt, wobei wieder festgehalten sein muß, daß es sich hier immer nur um das Verhalten handelt. Aus der Qualität der Aszendenten oder der Geburtsstunde können sich auch Förderungen ergeben.

Schütze und Wassermann

Eine Verbindung zwischen Schütze und Wassermann ist nach allen Regeln der Astrologie höchst aussichtsreich. Meist wird es so sein, daß, gleichgültig ob männlich oder weiblich, der Wassermann die dominante Rolle spielt.

Was an dieser Kombination so besonders günstig ist, das ist die Kombination von Antrieb und Bereitschaft. Der Wassermann hat von sich aus kein Ziel, keine Bewegung, er läßt sich anziehen und abstoßen, ist von sich aus absichtslos. Er ist wie eine Kugel auf einer Ebene in einem labilen Ruhezustand, fähig und bereit zu rollen. Das gibt ihm aber gerade die Möglichkeit nach allen Seiten. Er hat ein großes Spektrum, einen großen Ausschnitt, die Fähigkeit, unvoreingenommen zu assoziieren, zu kombinieren und die weite Welt als Möglichkeit in sich zu tragen.

Der Schütze ist der Antrieb. Er motiviert sich und auch den Wassermann durch Denkziele. Damit erlöst er den Wassermann aus der Ruhestellung der reinen Möglichkeiten, die ja auf die Dauer auch zur Selbstzermürbung wird, und bekommt dafür freudiges Echo, aber auch eine Ausweitung seiner Phantasie, seiner Ideen und damit neue Zufuhr von Handlungs- und Zielmotivationen. Wesentlich ist allerdings dabei, daß die Information des Schützen auf der des Wassermanns liegt. Beide verstehen sich im Revier des Denkens, Planens und Abenteuerns. Und nachdem der Schütze auch noch handelt, dürfte nichts den allgemeinen Wohlklang der Verbindung stören.

Wassermann und Schütze befruchten sich, auch in geschäftlichen Beziehungen, außergewöhnlich. Sie verstehen sich beinahe nahtlos, und nicht selten ergeben sich aus solchen Verbindungen Neuerungen und Neuentwicklungen.

Bei dieser Grundlage der Verhaltensentsprechung sind auch die einzelnen Eigenschaften im täglichen Leben durchaus ergänzend: eine Verbindung also mit besten Voraussetzungen.

Die sieben Planeten mit ihren Zeichen und Kindern sowie ihrer Zugehörigkeit zu den Wochentagen. In der Mitte ein Aspektschema. Darstellung um 1490

Schütze und Fische

Es gibt bessere Verbindungen, aber sicherlich auch schlechtere. Die bessere Seite wird sich meist dann zeigen, wenn der männliche Partner ein Fisch ist. Im umgekehrten Falle kann nämlich die Fische-Frau den dynamischen Schützen kaum bremsen, sie kann und will aber auch seinem Bewegungsdrang nicht nachkommen. Der Fisch setzt niemandem Grenzen, und schon gar nicht einem Eiligen. Außerdem ist die Fische-Frau auf das Echo der Umwelt weniger angewiesen als der Schütze, sie empfindet es eher als lästig. Die Folge ist, daß sie sich sehr bald zurückzieht – der Weg in die Mißverständnisse beginnt.

Bei Fische-Mann und Schütze-Frau sind zwar die Grundkomponenten ähnlich gelagert, jedoch ist der Drive der Schütze-Frau eher so gelagert, daß er dem Fische-Mann durchaus entgegenkommen könnte. Sie hat ihm zwar immer noch zuviel vor, ist ihm zu unruhig, zu unternehmungslustig und vor allem zu schnell von allem möglichen begeistert, aber der Fische-Mann würde etwas Belebung bekommen, das Wasser um ihn würde etwas aufgerührt und sich erneuern. Umgekehrt ist es allgemein so, daß der Schütze mit einem Fisch insofern unzufrieden ist, weil ihm dieser, selbst wenn er noch so modern denkt, im Verhalten zu konservativ ist. Es ist bildlich gesprochen etwa so, als wenn ein Fluß einen See durchquert, um am anderen Ende wieder seiner Wege zu gehen.

Der Schütze in den zwölf Häusern

Trotz der gleichen Verhaltensgrundlage ist nicht Schütze gleich Schütze; das wissen Sie selbst. Wir wollen Sie deshalb noch ein Stückchen näher an Ihren astrologischen Platz heranführen. Eine allgemeine Kurzcharakteristik soll Sie mit den zwölf Zeitstationen des Tages vertraut machen. Diese Stationen der astrologischen Häuser entsprechen in etwa auch den Stationen der Tierkreiszeichen.

Wir haben die jeweiligen Stationen vereinfacht in einem Baukastensystem mit Element-Formeln dargestellt, damit das Ganze leicht verständlich und mühelos nachvollziehbar ist.

Selbstverständlich kann es sich dabei nur um ein stark reduziertes Grundschema handeln, denn zu einer grundsätzlichen Deutung gehört ja auch die Einbeziehung der Planeten; und die sind selbst dann bei jedem Menschen anders über den Tierkreis verteilt, wenn die Übereinstimmung in der jeweiligen Tages-Station der Sonne gegeben ist.

Aber schon eine Übereinstimmung in der Tages-Station der Sonne läßt ein Grundbild erkennen. Wir teilen nach der Methode der Münchner Rhythmenlehre folgendermaßen ein:

Aszendent:
Das Zeichen, das am Aszendenten steht, ergibt sich aus der Geburtsstunde. Sie können das unseren Schema-Horoskopen jeweils entnehmen oder auch nach den Tabellen auf Seite 105 bis 112 errechnen.

Das Zeichen am Aszendenten stellt die Anlagen dar, es umreißt die Möglichkeiten zur Erlebnisform. Diese Anlagen sind, wie im Märchen, noch unbeweglich, unlebendig und ›unerlöst‹.

Sonne:
Sie finden die Sonne in ihrer jeweiligen Tages-Station, sprich Haus, entsprechend Ihrer Geburtsstunde in unseren Schema-Horoskopen.

Die Sonne zeigt das Verhalten, das die noch unlebendigen Anlagen zum Leben erweckt. Die Sonne umreißt die Ebene, auf der sich das Leben vollzieht. Es ist der Aufgabenweg, der beschritten werden muß, um erlöst zu werden.

Aber: Die Sonne kann immer nur das zum Leben erwecken, was als Anlage im Zeichen des Aszendenten gegeben ist. Dazu sucht sich dann das Verhalten die notwendigen Lebenssituationen einschließlich aller Umwege.

Nachfolgend dazu ein Schema-Beispiel:

Heinrich Heine, geboren am 13. 12. 1797 zwischen 15–16⁴⁵ Uhr
Aszendent

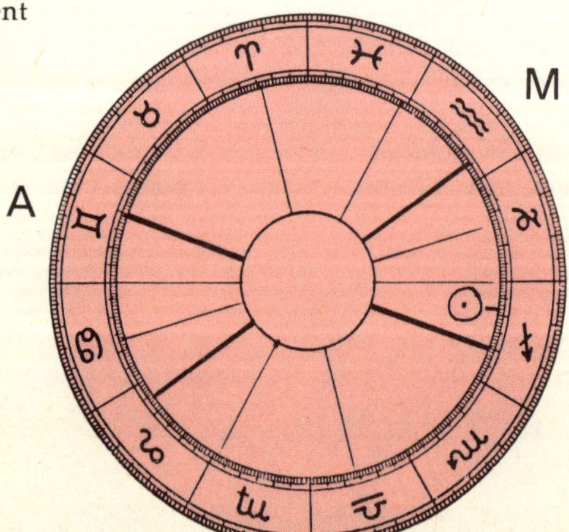

Zuständig ist also das Horoskopschema auf Seite 91, auf dessen linker Seite Sie den Aszendenten Zwillinge sehen, während die Sonne im 7. Haus steht.

Der Aszendent steht also im Zeichen Zwillinge. Nun können sie auf Seite 81 bei den Entwicklungsstadien über die 3. Phase (Zwillinge bzw. Haus 3) nachlesen. Sie finden als Merkmal »die Erschließung und Beschreibung des Umkreises« und »die Darstellung der Umwelt sowie den Intellekt«. Hierdurch wird die Anlage markiert.

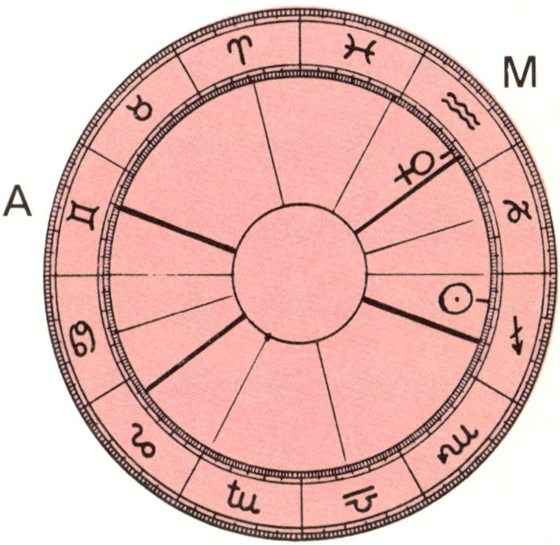

Diese Anlage wird nun auf die Art und Weise zum Leben erweckt, wie es die Sonnenstation als Zeichen des Verhaltens zuläßt. Wir lesen also den Text der 7. Phase (Waage bzw. Haus 7) und finden im Sinne der Verhaltenstätigkeit »die ideelle Herausforderbarkeit und Herausreizbarkeit«, die »Hingabe an Ideen« und den »Drang nach Ausgleich und Harmonie«.

Nachdem für diese Verhaltenstätigkeit nichts anderes zur Verfügung steht als »Erschließung und Beschreibung des Umkreises« und »Darstellung der Umwelt«, wird damit der Drang zum Journalistisch-Schriftstellerischen wie auch zum Lyrischen deutlich. Da die Sonne dabei im Zeichen Schütze steht, zeigen sich zugleich Versöhnung und Verständnis sowie bisweilen euphorische Züge.

Daß bei Heinrich Heine Poesie und Dichtung hervorgehoben und so bedeutend wie maßstäblich sind, liegt vor allem daran, daß der Planet Venus als Symbol für Harmonie und ideelle Hingabe in der 10. Phase bzw. im 10. Haus steht. Dies umreißt das Harmoniestreben und den ideellen Einsatz Heines als »maßstäblich über die eigene Person hinaus«.

Sollten Sie ein individuelles Horoskop besitzen und somit die Möglichkeit haben, weiter unter Einbeziehung der Planeten strukturbasteln zu können, seien hier die Planeten genannt, die zum jeweiligen Aszendentenzeichen gehören:

Mars	♂	zum Aszendenten Widder =	♈
Venus	♀	zum Aszendenten Stier =	♉
		und zum Aszendenten Waage =	♎
Merkur	☿	zum Aszendenten Zwillinge =	♊
		und zum Aszendenten Jungfrau =	♍
Mond	☽	zum Aszendenten Krebs =	♋
Sonne	☉	zum Aszendenten Löwe =	♌
Pluto	♇	zum Aszendenten Skorpion =	♏
Jupiter	♃	zum Aszendenten Schütze =	♐
Saturn	♄	zum Aszendenten Steinbock =	♑
Uranus	♅	zum Aszendenten Wassermann =	♒
Neptun	♆	zum Aszendenten Fische =	♓

Um Irrtümern vorzubeugen: Das Horoskop macht oder beeinflußt nicht die Anlagen bzw. das Verhalten, sondern ist vielmehr ein Anlagemodell, ein Gleichnis.

1. Haus:

Alle Anlagen, die in den sichtbaren Bereich treten. Der Trieb, sich in der konkreten Welt durchzusetzen. Die Durchsetzung des eigenen Selbstverständnisses. Man hat sich selbst am nötigsten.

Geburtszeit: etwa 5^{30}–8^{15}
Sonne Haus 1 – anfangs: Aszendent Skorpion
später: Aszendent Schütze

Aszendent

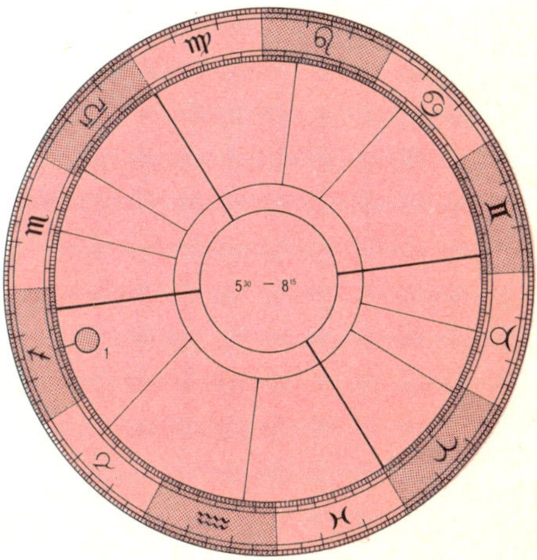

Beispiel: Sonne Haus 1 mit Aszendent Skorpion: Winston Churchill

Schütze-Sonne Haus 1

Das Schütze-Verhalten drängt die Anlagen zur Durchsetzung der eigenen Person. Also: Selbstdurchsetzung durch Einsicht in außerpersönliche Belange bzw. in Funktionen anderer.

Zur Verfügung stehen:

a) Anlage Aszendent Skorpion (siehe S. 94). Gebundenheit an außerpersönliche Notwendigkeiten, Vorstellungsbilder, Leitlinien und Leitbilder, die man (und durch die man sich) im realen Leben mit unbedingtem Zielwillen als Person durchsetzen will und zur Maxime erhebt. Also selbst Symbol für leitbildhaften Zielwillen wird.

b) Anlage Aszendent Schütze (siehe S. 95). Das ist die Einsicht und das Verständnis für außerpersönliche Bereiche und Belange, die Eindruckssuche, die man (und durch die man sich) im realen Leben als Person durchsetzen will und zur Maxime erhebt. Also selbst das Symbol für Einsicht und Verständnis im außerpersönlichen Bereich wird.

Notizen zu Winston Churchill

Winston Churchill wurde am 30. November 1874 in Oxfordshire als Sohn von Sir Randolph Churchill und der Amerikanerin Jennie Jerome geboren. Sein Vater hielt ihn für den Anwaltsberuf für zuwenig begabt und bestimmte ihn zum Offizier. Seine Laufbahn war eine Kette von Abenteuern, die er geradezu herbeisehnte. Mit 21 Jahren wurde er Kriegsberichterstatter in Kuba, leistete ein Jahr später bei Aufständen in Indien Kriegsdienst und anschließend im Sudan, nahm als Kriegsberichterstatter am Burenkrieg in Südafrika teil, wurde gefangengenommen und entfloh auf abenteuerliche und waghalsige Weise.

Mit 26 Jahren kam Churchill als konservativer Abgeordneter ins englische Unterhaus und wurde mit 32 Jahren Unterstaatssekretär. Im 1. Weltkrieg war er als Bataillonskommandeur an der Front, dann Minister. Im 2. Weltkrieg wurde Winston Churchill 1940 Premierminister. Das V = Victory-Zeichen aus erhobenem

Mittel- und Zeigefinger wurde zum Symbol seines unbedingten Durchhalte- und Siegeswillens.

Trotz seiner Wahlniederlage 1945 und einer wenig erfolgreichen Regierungszeit 1951 bis zu seinem Rücktritt 1955 behielt Sir Winston Churchill sein großes Ansehen.

Winston Churchill

Entsprechend den Schütze-Talenten war Churchill ein mitreißender Redner und glänzender Schriftsteller und erhielt 1953 für die »Geschichte des 2. Weltkriegs« den Nobelpreis für Literatur. Churchill malte zudem anfangs unter Pseudonym und wurde mit seinen Bildern unerkannt in der königlichen Akademie zugelassen.

Die Kombination der astrologischen Symbole zeigt bei Sir Winston Churchill, zunächst ähnlich wie bei dem spanischen Staatschef Franco, die Verbindung der Unbedingtheit und leitbildhaften Ausdauer der Skorpion-Anlage mit dem elastischen und taktisch klugen Schütze-Verhalten. Im Unterschied zu Franco hat jedoch Churchill seinen Sonnenort im 1. Haus, also ist die Durchsetzung eines Zielwillens stärker ausgeprägt als das Verankern und Sichern der Vorstellungen, wie es der Sonnenstand im 2. Haus bei General Franco ausweist.

2. Haus:

Man ordnet sich im sichtbaren Bereich und grenzt ab, um aus dem Durchgesetzten einen Bestand zu machen. Als Folgeerscheinung setzt sich eine planmäßige, konkrete Lebensordnung fest.

Geburtszeit: etwa 2^{45}–5^{30}
Sonne Haus 2 – anfangs: Aszendent Waage
später: Aszendent Skorpion

Aszendent

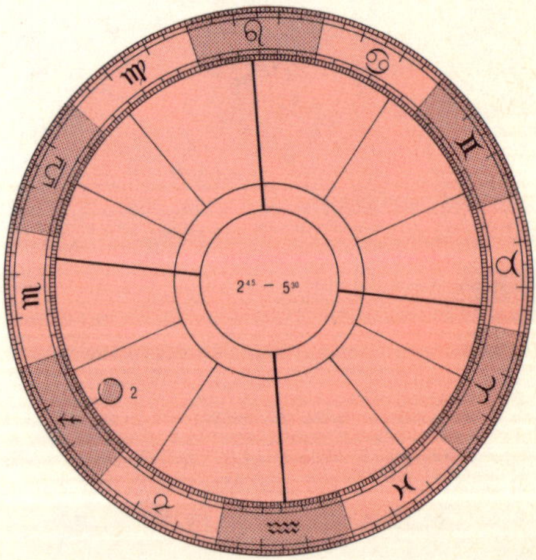

Beispiel:
Sonne Haus 2 mit Aszendent Skorpion: General Franco

Schütze-Sonne Haus 2

Das Schütze-Verhalten drängt die Anlagen zur Verankerung und Sicherung im Sozialgefüge, zur planmäßigen konkreten Lebensordnung. Also: Selbstsicherung und Verankerung im Sozialgefüge mit den Mitteln der Einsicht in außerpersönliche Belange. Dabei Interesse für Rechtsfragen.

Zur Verfügung stehen:

a) Anlage Aszendent Waage (siehe S. 91). Die Herausforderbarkeit und Begeisterungsfähigkeit, der Drang nach Außerpersönlichem, zu Begegnung, Ergänzung und Ausgleich, die man (und durch die man sich) im herrschenden Sozialgefüge wie im gesellschaftlichen Bereich durchsetzen und verankern will.

b) Anlage Aszendent Skorpion (siehe S. 94). Gebundenheit an außerpersönliche Notwendigkeiten, Vorstellungsbilder, Leitlinien und Leitbilder, die man (und durch die man sich) im herrschenden Sozialgefüge wie im gesellschaftlichen Bereich durchsetzen und verankern will.

Notizen zu General Franco

General Franco wurde am 4. Dezember 1892 in El Ferrol geboren. Er wurde Offizier, mit 31 Jahren Kommandeur der spanischen Fremdenlegion, später General und mit 42 Jahren 1934 Chef des Generalstabs. Im gleichen Jahr schlug Franco den sozialistischen Syndikatsaufstand in Asturien nieder und wurde dafür von der späteren Volksfront-Regierung auf die Kanarischen Inseln verbannt. Von dort bereitete er die Erhebung gegen die Regierung vor.

Es kam zum Bürgerkrieg von 1936, den Francesco Franco, unterstützt durch Deutschland und Italien, nach drei Jahren gewann. Anschließend baute Franco eine nationale Regierung in diktatorischer Form auf. Er förderte vor allem die Industrialisierung sowie die soziale Gesetzgebung.

Im 2. Weltkrieg hielt sich Franco, der sich zum Gaudillo erheben ließ, trotz der Aufforderungen beider Seiten, in den Krieg einzutreten, neutral aus der Auseinandersetzung heraus.

General Franco

Franco hegt gute Beziehungen zu den arabischen Staaten und Portugal und hat ein Verteidigungsabkommen mit den Vereinigten Staaten abgeschlossen. Zu seinem Nachfolger hat er, gemäß einer Volksabstimmung über die Frage einer zukünftigen Monarchie, den Prinzen Juan Carlos bestimmt.

Von 1965 an setzte eine allmähliche Liberalisierung im politischen, gesellschaftlichen und kulturellen Leben Spaniens ein. Seit 1974 führt Juan Carlos, der von Franco allmählich in die Staatsgeschäfte eingeführt wurde, für den gesundheitlich angegriffenen Gaudillo die Regierungsgeschäfte.

Das politische Geschick Francesco Francos wird vielfach auch von seinen Gegnern bewundert. In ihm trifft die Unbedingtheit und leitbildhafte Ausdauer der Anlage Skorpion mit dem elastischen Verhalten des Schützen zusammen. Daß die Sonne dabei noch im 2. Haus steht, zeigt, daß er fähig ist, Leitbilder auch konkret zu sichern und zu verankern.

3. Haus:

Nachdem man sich angesiedelt und in seiner Ordnung gefunden hat, sucht man Verbindung zur umliegenden realen Welt. Es sind dies alle Anlagen, die konkret in der Umwelt wirksam werden, alle Funktionen, die man braucht, um sich in der sichtbaren Welt zu bewegen: Bewegung, Wort, Sprache als Konkretes.

Geburtszeit: etwa 0^{15}–2^{45}
Sonne Haus 3 – anfangs: Aszendent Jungfrau
später: Aszendent Waage

Aszendent

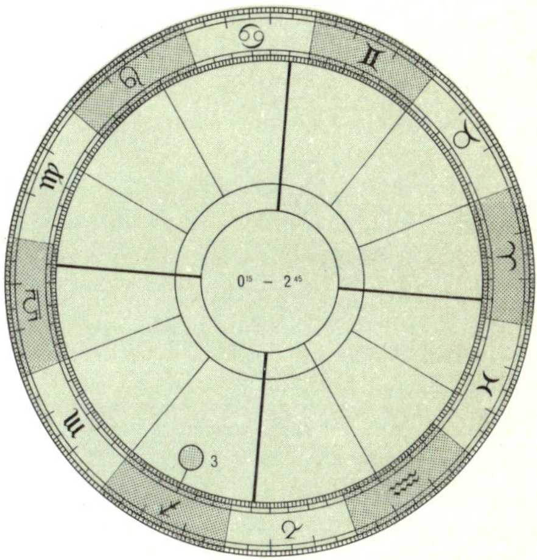

Beispiel: Sonne Haus 3 mit Aszendent Jungfrau: Walt Disney

Schütze-Sonne Haus 3

Das Schütze-Verhalten drängt die Anlagen in die Repräsentation, in die konkrete Darstellung. Also: Selbstdarstellung und Repräsentation mit den Mitteln der Einsichtigkeit in außerpersönliche Bereiche und Belange.

Zur Verfügung stehen:

a) Anlage Aszendent Jungfrau (siehe auch S. 89). Die Beobachtung und Wahrnehmung der Abhängigkeit von Lebensbedingungen, deren Aussteuerung (Vorsorge zur Sicherung des Lebens), die man (und durch die man sich) zur Darstellung und Repräsentation gegenüber der Umwelt bringt, also artikuliert und der Umwelt vermittelt.

b) Anlage Aszendent Waage (siehe auch S. 91). Die ideelle Herausforderbarkeit und Begeisterungsfähigkeit, der Drang nach Außerpersönlichem, zu Begegnung, Ergänzung und Ausgleich, die man (und durch die man sich) zur Darstellung und Repräsentation gegenüber der Umwelt bringt, also artikuliert und der Umwelt vermittelt.

Notizen zu Walt Disney

Der amerikanische Trickfilmzeichner und Filmproduzent Walt Disney wurde am 5. Dezember 1901 in Chikago geboren. Er war zunächst Reklamezeichner, machte mit 21 Jahren erste Trickfilmversuche und begann schließlich mit 25 Jahren mit der Mikkey-Mouse-Serie. Daran schlossen sich Trickfilmfolgen über ›Bambi‹, ›Pluto‹ und andere an.

Die Mickey-Mouse-Filme Walt Disneys haben bis heute bei Kindern wie Erwachsenen an Beliebtheit nichts eingebüßt. Astrologisch interessant ist besonders die erste Serie. Sie zeigt, daß bestimmte Bilder des Unterbewußten, nachvollziehbar in den astrologischen Symbolen, in geradezu direktester Weise in den Lebensäußerungen auftauchen. Die Maus mit ihrer inneren Ängstlichkeit, Vorsorge und Umsicht, aber auch einer pfiffigen Behendigkeit entspricht dem Symbolbild der des Zeichens Jungfrau, dem Aszendentenzeichen Disneys. Dem erhabenen Schütze-Verhalten kann die jungfräuliche Ausgeliefertheit an die Bedingungen und Unbillen der Umwelt nicht behagen. Es ist daher verständlich, daß Mickey-Mouse der Katze ein Schnippchen nach dem anderen schlägt. Daß sich dies schließlich bildhaft niederschlägt, also über die konkrete Darstellung läuft, entspricht wiederum dem Sonnenort im 3. Haus.

Deutlich werden die astrologischen Kennzeichen ebenfalls in

Walt Disney

den Dokumentarfilmen Walt Disneys, die ein außergewöhnliches Echo fanden: »Die Wüste lebt«, »Wunder der Prärie« und »20000 Meilen unter dem Meer«. Besonders in »Die Wüste lebt« zeigt sich die Beobachtung der Abhängigkeit von den Lebensbedingungen in der Tierwelt, die man zur Darstellung gegenüber der Umwelt bringt, der Umwelt vermittelt. Aber auch die Schütze-Gefahr zum kulturellen Überschwang deutet sich bei Walt Disney ebenso an wie ein Schuß Unbedenklichkeit. Etwa, wenn in einem Film über eine Beethoven-Symphonie die Musik von »Pegasüßerln« umflogen wird, oder wenn Märchenstoffe wie »Schneewittchen« allzu amerikanisch behandelt werden.

Walt Disney errichtete 1955 bei Los Angeles den Park Walt-Disney-Land – ein Wunder- und Abenteuerland für Kinder und Erwachsene.

4. Haus:

Die ›räumliche‹ Funktion hat die strukturell zur Verfügung stehenden Grenzen erreicht. Eine Weiterentwicklung ist nicht mehr möglich. Das wird als Krise empfunden. Also: Selbstbesinnung. Man bringt sich in Erfahrung. Die Seele konstituiert sich, bringt sich in Form, in ›Anwesenheit‹, und läßt sich in einer Form nieder. Das Wohnen, die Wohngemeinschaft als Seelisches. Das Wesen der Dinge begreifen.

Mit dem 4. Haus wird der Sektor verlassen, in dem es nur um die sichtbare Manifestierung geht.

Geburtszeit: etwa 21^{45}–0^{15}
Sonne Haus 4 – anfangs: Aszendent Löwe
später: Aszendent Jungfrau

Aszendent

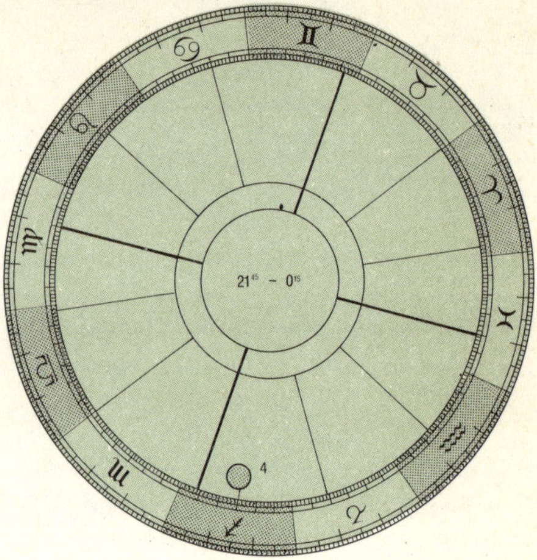

Schütze-Sonne Haus 4

Das Schütze-Verhalten drängt die Anlagen zur Verinnerlichung und Sammlung. Also: Seelische Entfaltung und Besinnung auf das Wesentliche, die Suche nach einer seelisch-expansiven Ausdrucksform. Interesse für ideelle sowie außerpersönliche Bereiche.

Zur Verfügung stehen:

a) Aszendent Löwe (siehe S. 85). Das ist der unmittelbare Lebens- und Ausdruckstrieb, die Lebenskraft und der Gestaltungsdrang, die man (und durch die man sich) in eine expansive Ausdrucksform bringt, formal ordnet und artikuliert. Interesse für Psychologie, Philosophie und Ausdruckswissenschaften.

b) Aszendent Jungfrau (siehe S. 89). Die Beobachtung und Wahrnehmung der seelischen Abhängigkeit von Lebensbedingungen, deren Aussteuerung (Vorsorge zur Sicherung des Lebens), die man (und durch die man sich) in eine expansive Ausdrucksform bringt, formal ordnet und artikuliert. Interesse für Psychologie, Ausdruckswissenschaften.

5. Haus:

Aus der Selbstfindung erwächst der Lebens- und Ausdruckstrieb, der sich mitteilen, verausgaben, verbrauchen und unmittelbar leben will.

Geburtszeit: etwa 19^{15}–21^{45}
Sonne Haus 5 – anfangs: Aszendent Krebs
später: Aszendent Löwe

Aszendent

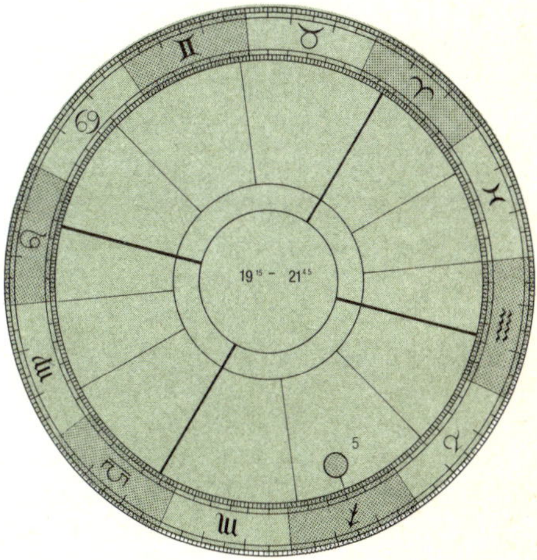

Beispiel:
Sonne Haus 5 mit Aszendent Krebs: Hector Berlioz
Sonne Haus 5 mit Aszendent Löwe: Königin Christine von Schweden

Königin Christine von Schweden

Schütze-Sonne Haus 5

Das Schütze-Verhalten drängt die Anlagen zur seelischen Verausgabung, zum Trieb, unmittelbar zu leben. Also: schöpferischer Ausdrucks- und Gestaltungstrieb mit starken expansiv erweiternden Elementen.

Zur Verfügung stehen:

a) Anlage Aszendent Krebs (siehe S. 83). Die Empfindung, die Besinnung auf das Wesentliche, auf innere und inhaltliche Zusammenhänge, auf das Wesen der Dinge und des Lebens, die man (und durch die man sich) in starken ideell-expansiven Impulsen gestaltet, ausdrückt und unmittelbar ins Leben umsetzt. Meist schöpferische, zuweilen euphorische Impulse.

b) Anlage Aszendent Löwe (siehe S. 85). Das ist der unmittelbare Lebens- und Ausdruckstrieb, die Lebenskraft und der Gestaltungsdrang, die man (und durch die man sich) in starken ideell-expansiven Impulsen gestaltet, ausdrückt und unmittelbar ins Leben umsetzt. Schöpferische, zuweilen euphorische Impulse.

Notizen zu Hector Berlioz

Hector Berlioz wurde am 11. Dezember 1803 in der Nähe von Grenoble geboren und starb am 8. 3. 1869 in Paris. Bereits mit 27 Jahren komponierte er die »Symphonie phantastique«. Obwohl Paganini und Franz Liszt seine Bedeutung frühzeitig erkannten, konnte er nur durch schriftstellerische Arbeiten und als Konservator einer Musikbibliothek seine Existenz notdürftig sichern. In Deutschland fand seine Musik zuerst besondere Anerkennung und Beliebtheit.

Große Konzertreisen erschöpften Berlioz, zudem war er durch immer neue Kränkungen verbittert. So zog er sich 1867 völlig von der Öffentlichkeit zurück.

Seine Bedeutung liegt musikgeschichtlich in einer neuen Orchestrierung, in einer Vergrößerung der Dimensionen wie auch in einer Verfeinerung der Klangmischungen. Berlioz will die Phantasie der Zuhörer fast programmatisch in bestimmte Richtungen lenken und bewegen. Er wählt sich Themen und ist besessen von der charakteristischen Idee des Schützen nach Vereinheitlichung (hier als Ausdrucksmittel gemeint). Hector Berlioz' Programm ist aber kein gedanklich nachvollziehbares wie etwa bei seinem astrologischen Gegenüber, dem Tongraphiker und Zwilling Richard Strauss. Berlioz bewegt die Phantasie, malt in starken Farben, bisweilen mit einem Zug ins Monströse. Darin zeigt sich der Hang des Schützen zum Grandiosen, der bei Berlioz noch eine besondere Ausprägung erhält: Seine Sonnenstation liegt in der 5. Phase, in der der unmittelbare, schöpferische Ausdruck voll heraus kann – in mitreißender Dynamik.

Hector Berlioz

Seine Zeitgenossen reizte er vielfach zur Karikatur. Sie stellten ihn als Dompteur vor einem gewaltigen Orchester dar oder aber ließen ihn neben Pauken und Trompeten Kanonen dirigieren. Berlioz, mit einem sensiblen Krebs-Aszendenten ausgestattet, verletzte dies schwer. Seine Wirkung und Bedeutung auf die Musikentwicklung ist jedoch unverkennbar.

Obwohl die Geburtsstunde des Schützen Ludwig van Beethoven nicht bekannt ist, spricht Habitus, Lebensweg und nicht zuletzt seine Musik ebenfalls für einen Sonnenstand in der 5. Phase. Allerdings ließe die löwische lebensgewaltigere Prägung für einen Aszendenten im Löwen sprechen.

Notizen zu Königin Christine von Schweden

Christine von Schweden wurde am 17. Dezember 1626 in Stockholm als Tochter Gustavs II. Adolf und der Prinzessin Marie Eleonore von Brandenburg geboren. Mit 18 Jahren übernahm sie die Regierung, die während ihrer Minderjährigkeit von einem Regentschaftsrat ausgeübt wurde. Sie lehnte es ab, zu heiraten und setzte es bereits 5 Jahre nach der Regierungsübernahme auf dem Reichstag 1649 durch, daß ihr Vetter zum Thron-Nachfolger ernannt wurde. 1654 war es dann soweit, ihr Vetter Karl Gustav von Pfalz-Zweibrücken übernahm die Regierung, Christine von Schweden ging ins Ausland und lebte in der Gesellschaft von Künstlern und Wissenschaftlern.

Die eigenwillige Durchsetzung gegenüber Ettikette und Standesform, das Desinteresse an Prestige und Macht muß (nicht nur in ihrer Zeit) beachtliche Wirkung erzielt haben. Nicht zu Unrecht kann man darin emotionelle Stärke vermuten.

Christine von Schweden liebte ihre Unabhängigkeit über alles und bevorzugte Männerkleidung. Dies weist deutlich auf die löwische Aszendenten-Anlage hin. Eine Sonnenstation in der 5. Phase spricht zudem dafür, daß das Verhalten zum unmittelbaren Leben drängt und keinen Rest an Anlage zurückhält. Da dies auch noch im Schützen geschieht, kommt noch ein gehöriger Schuß Selbstverständnis, Selbstsicherheit und dynamischer Bewegungsdrang dazu.

6. Haus:

Es zeigt sich sehr schnell, daß sich der subjektive Trieb hart im Raum trifft. Folge: Aussteuerung des Lebenstriebes gegenüber den gegebenen Bedingungen, um die Lebensfähigkeit zu erhalten. Betonte Vernunft. Also alle Anlagen, die Lebensbedingungen und Umwelt wahrnehmen und beobachten, untersuchen und sich ihnen gegenüber ›aussteuern‹. Seelisches Kalkül zur Nutzung der Umwelt.

Geburtszeit: etwa 16^{45}–19^{45}
Sonne Haus 6 – anfangs: Aszendent Zwillinge
später: Aszendent Krebs

Aszendent

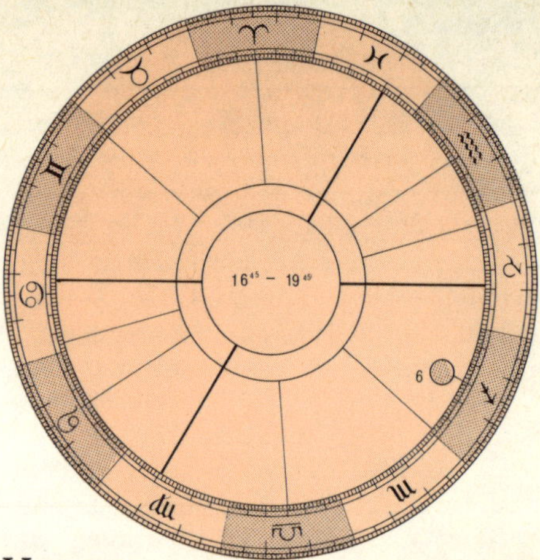

Schütze-Sonne Haus 6

Das Schütze-Verhalten drängt die Anlagen zur Beobachtung und Vergewisserung der Umwelt- und Lebensbedingungen. Also: die Beobachtung und Wahrnehmung der Umwelt, um sich ihr gegenüber seelisch auszusteuern, anzupassen und sie auszuwerten, spezifisch mit den Fähigkeiten zu Einsicht und Vereinheitlichung.

Zur Verfügung stehen:

a) Anlage Aszendent Zwillinge (siehe S. 81). Das ist die funktionelle Entfaltung, die Erschließung und Beschreibung des Umkreises, Darstellung der Umwelt, die man (und durch die man sich) durch Wahrnehmung und Nutzung der Umwelt- und Lebensbedingungen, vornehmlich in arbeitstechnischer oder sozialer Hinsicht vollführt (weltanschaulicher Hintergrund).

b) Anlage Aszendent Krebs (siehe S. 83). Die Empfindung, die Besinnung auf das Wesentliche, auf innere und inhaltliche Zusammenhänge, auf das Wesen der Dinge und des Lebens, die man (und durch die man sich) durch Wahrnehmung und Nutzung der Umweltbedingungen, vornehmlich in arbeitstechnischer oder sozialer Hinsicht zur Geltung bringt. Psychologische Interessen, weltanschaulicher Hintergrund.

7. Haus:

Nun hat man festgestellt, daß es auch noch andere gibt. Man hat sie erstmals bewußt wahrgenommen. Man merkt, es gibt auch andere ›Selbstverständnisse‹. Also: Es kommt zum Erlebnis der echten Begegnung. Die Anlagen: Begegnungsfähigkeit und Herausforderbarkeit. Über eigene Zweckdienlichkeit oder subjektive Triebwünsche hinaus begreift man den anderen in seiner Art. Begegnung, Hingabe (Ideen).

Damit wird der Sektor verlassen, der zur subjektiven (seelischen) Selbstfindung und ihren Folgen gehört.

Geburtszeit: etwa 15^{00}–16^{45}
Sonne Haus 7 – anfangs: Aszendent Stier
später: Aszendent Zwillinge

Aszendent

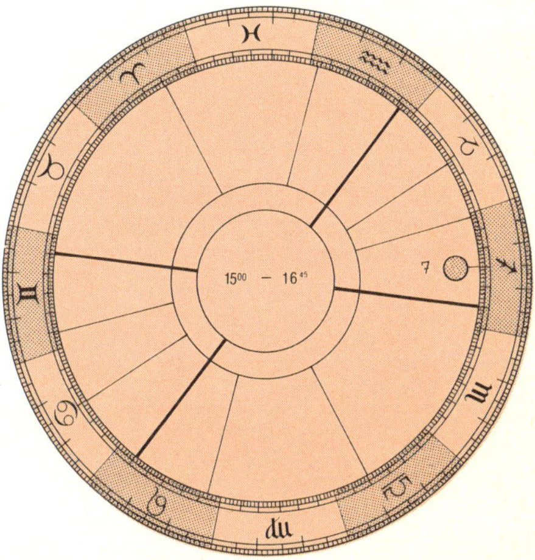

Beispiel:
Sonne Haus 7 mit Aszendent Zwillinge: Heinrich Heine

Schütze-Sonne Haus 7

Das Schütze-Verhalten drängt die Anlagen zur Herausforderbarkeit und Begegnungsfähigkeit. Also: Herausforderbarkeit durch andere Selbstverständnisse bei Verständnis und Einsicht für außerpersönliche Belange und Vorgänge.

Zur Verfügung stehen:

a) Anlage Aszendent Stier (siehe S. 78). Die Verankerung und Sicherung in der sozialen Gemeinschaft, die konkrete Lebensordnung, die Formen des realen Lebens und seine Werte, die man (und durch die man sich) artikuliert, ideell ausrichtet und durchsetzen will. Also Anteilnahme am öffentlichen bzw. gesellschaftlichen Leben mit sozialpolitischen bzw. wirtschaftlich-rechtlichen Interessen.

b) Anlage Aszendent Zwillinge (siehe S. 81). Das ist die funktionelle Entfaltung, die Erschließung und Beschreibung des Umkreises, Darstellung der Umwelt, die man (und durch die man sich) artikuliert, ideell ausrichtet und durchsetzen will. Also Anteilnahme am öffentlichen bzw. gesellschaftlichen Leben mit sozialpolitischen Interessen.

Notizen zu Heinrich Heine

Heinrich Heine wurde am 13. November 1797 im damals französischen Düsseldorf geboren und starb am 17. 2. 1856 in Paris. Der Wunsch seiner Mutter, zunächst einen Offizier, später einen Geschäftsmann aus ihm zu machen, ging fehl.

Heinrich Heine studierte an verschiedenen Universitäten Jura. Er trat vom jüdischen Glauben zum Protestantismus über. Seine Neigung zur Lyrik und zur Schriftstellerei wurde schon früh offenbar. Vor allem durch das »Buch der Lieder« erlangte er mit 30 Jahren bereits Weltruhm. Mit sozialkritischem und politischem Engagement geißelte Heinrich Heine die politischen Schwächen des bestehenden Systems in satirischer Schärfe und machte sich damit in Deutschland mißliebig. Als Korrespondent der Augsburger Allgemeinen Zeitung ging er nach Paris, wo er versuchte,

Heinrich Heine

Mittler zwischen Deutschland und Frankreich zu werden. Die Wirkung dieser Tätigkeit beeinflußte vor allem den deutschen Journalismus bis in unser Jahrhundert. Heinrich Heine gilt nicht nur als bedeutender Lyriker, sondern durch seinen geistvollen ironisch-kritischen Prosastil und seine virtuose Sprachbehandlung auch als Begründer des Feuilletons.

1835 wurden Heines Bücher in Deutschland verboten. Die französische Regierung gewährte ihm eine Pension, und so beschloß Heine, endgültig in Paris zu bleiben. Die letzten Jahre seines Lebens mußte er wegen eines Rückenmarksleidens liegend verbringen.

Heinrich Heine schuf eine liedhafte Lyrik, in der er Stimmungen in unvergleichlicher Weise wiedergab. Er bezeichnete sich selbst als den letzten abgedankten Fabelkönig. Heinrich Heine gilt als der bedeutendste deutsche Lyriker zwischen Romantik und Realismus. Er war einer der meistgelesenen Dichter seiner Zeit. Allgemein bekannt sind besonders seine Reisebilder und »Die romantische Schule«.

Für eine Sonnenstation in der 7. Phase sind bei Heinrich Heine vor allem seine Begeisterungsfähigkeit wie sein öffentliches Engagement bezeichnend. Als Schütze leidet er an der Uneinheitlichkeit und ist beseelt von der ständigen Sehnsucht nach Entspannung.

8. Haus:

Man hat das Selbstverständnis oder die Notwendigkeit, aus der anderes existiert, erkannt. Also: Bindung und Verpflichtung an die Notwendigkeit des anderen oder an außerpersönliche Vorgänge. Eigentlich der Vorgang, sich an ein anderes Zentrum als das eigene zu verpflichten. Anlagen: Verpflichtungs- und Bindungstreue, ideelles Eintreten für Notwendigkeiten anderer, sich anderem verpflichten bis zu Fanatismus und Vorstellungsgebundenheit.

Geburtszeit: etwa 13^{30}–15^{00}
Sonne Haus 8 – anfangs: Aszendent Fische
später: Aszendent Widder
dann: Aszendent Stier

Aszendent

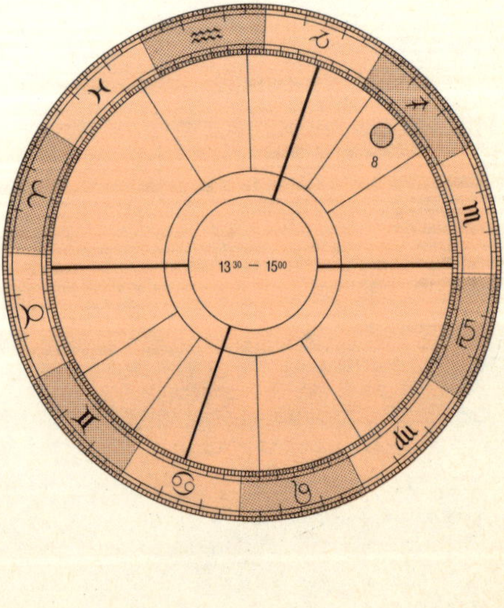

Schütze-Sonne Haus 8

Das Schütze-Verhalten drängt die Anlagen zur Verpflichtung und Bindung an außerpersönliche Belange und Notwendigkeiten, zu Vorstellungen über anderes Leben. Also: Verpflichtung an außerpersönliche Notwendigkeiten, Belange und Bedürfnisse bei expansiven Impulsen.

Zur Verfügung stehen:

a) Anlage Aszendent Fische (siehe S. 103). Das ist die Sensibilität und Empfänglichkeit für indirekte Zusammenhänge und Hintergründe des Lebens, die Erlösung von vordergründiger Vernunft und Anpassung, die man (und durch die man sich) artikuliert und für Notwendigkeiten, Belange und Bedürfnisse anderer einsetzt, sichtbar und bewußt macht.

b) Anlage Aszendent Widder (siehe S. 75). Das ist die energische und aggressive Herausforderung und Infragestellung, die man (und durch die man sich) artikuliert und für Notwendigkeiten, Belange und Bedürfnisse anderer einsetzt, sichtbar und bewußt macht.

c) Anlage Aszendent Stier (siehe S. 78). Das ist die Verankerung und Sicherung in der sozialen Gemeinschaft, die konkrete Lebensordnung, die Formen des realen Lebens wie seine Werte, die man (und durch die man sich) artikuliert und für Notwendigkeiten, Belange und Bedürfnisse anderer einsetzt, sichtbar und bewußt macht.

9. Haus:

Man ist über sich hinausgewachsen, das zahlt sich jetzt aus. Einsichten werden gewonnen, Zusammenhänge werden klar, das Verständnis wächst. Die Welt wird weit, der unbeengte, unbegrenzte Denkraum weckt Begeisterung. Also: alle Anlagen zur Einsichtsfähigkeit, zum Denken, das sich nicht um die eigenen Belange kümmert.

Geburtszeit: etwa 12^{15}–13^{30}
Sonne Haus 9 – anfangs: Aszendent Wassermann
später: Aszendent Fische
dann: Aszendent Widder

Aszendent

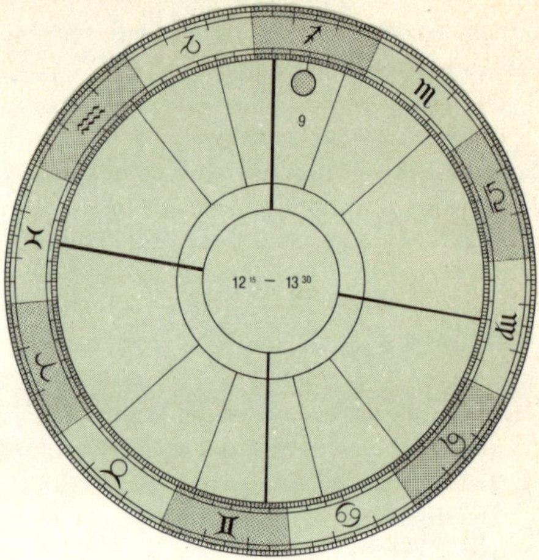

Beispiel:
Sonne Haus 9 mit Aszendent Widder: Willy Brandt

Schütze-Sonne Haus 9

Das Schütze-Verhalten drängt die Anlagen zur Einsicht und Verständnisfähigkeit für außerpersönliche Zusammenhänge. Also: Einsicht sowie das Erfassen außerpersönlicher Zusammenhänge und Funktionen.

Zur Verfügung stehen:

a) Anlage Aszendent Wassermann (siehe S. 100). Das ist die Aufhebung von bisherigen Maßstäben, Grenzen, Unterschieden und Traditionen, um sich aus allgemeiner Abhängigkeit herauszuheben und zu befreien, die man (und durch die man sich) mit Verständnis und Einsicht in außerpersönliche Notwendigkeiten und ideelle Bereiche einsetzt.

b) Anlage Aszendent Fische (siehe S. 103). Das ist die Sensibilität und Empfänglichkeit für indirekte Zusammenhänge und Hintergründe des Lebens, die Erlösung von vordergründiger Vernunft und Anpassung, die man (und durch die man sich) mit Verständnis und Einsicht in außerpersönliche Notwendigkeiten und ideelle Bereiche einsetzt.

c) Anlage Aszendent Widder (siehe S. 75). Das ist die energische und aggressive Herausforderung und Infragestellung, die man (und durch die man sich) mit Verständnis und Einsicht in außerpersönliche Notwendigkeiten und ideelle Bereiche einsetzt.

Notizen zu Willy Brandt

Willy Brandt, der ehemalige Bundeskanzler und jetzige Parteivorsitzende der Sozialdemokratischen Partei Deutschlands, wurde am 18. Dezember 1913 in Lübeck als Herbert Frahm geboren. Er wuchs bei seinem Großvater auf, der Vaterstelle bei ihm vertrat und überzeugter Sozialdemokrat war.

Willy Brandt besuchte das Gymnasium, trat schon mit 16 Jahren in die SPD ein und setzte sich in Wort und Schrift für die sozialen Ziele seiner Partei ein. Nach der Machtergreifung durch Adolf Hitler ging er in den Untergrund des politischen Widerstandes und führte ab diesem Zeitpunkt den Decknamen Willy Brandt, den er auch später beibehielt. Die nächsten Jahre verliefen, wie vielfach für Schütze-Geborene charakteristisch, durchaus abenteuerlich. Willy Brandt flüchtete vor der Verfolgung durch das NS-Regime in einem Fischkutter über die Ostsee und arbeitete in Norwegen für den deutschen Widerstand. 1936 kehrte er als norwegischer Student getarnt nach Deutschland zurück und leitete eine Berliner Untergrundorganisation. 1938 berichtete er als Journalist für norwegische Zeitungen über den Bürgerkrieg in Spanien und bereiste anschließend als Kontaktmann sozialistischer Untergrundgruppen ganz Europa.

Bei der Besetzung Norwegens durch deutsche Truppen entging Willy Brandt 1940 nur knapp der Gestapo, indem er sich als norwegischer Soldat verkleidet gefangennehmen ließ. Nach der Entlassung aus der Gefangenschaft flüchtete er nach Schweden und arbeitete dort als Journalist.

1945 kam Brandt als norwegischer Presse-Attaché nach Berlin. Ab 1947 beteiligte er sich aktiv an der Politik der SPD in Deutschland, wurde 1957 Regierender Bürgermeister von Berlin, 1969 im Kabinett der großen Koalition Außenminister und Vizekanzler und schließlich Bundeskanzler der Sozialliberalen Koalition. Im Mai 1974 trat er aus Anlaß der Spionageaffäre Guillaume überraschend zurück.

Willy Brandt, der 1973 kurz vor seiner Wiederwahl als Bundeskanzler den Friedensnobelpreis erhielt, wollte die Verständigung und Öffnung der deutschen Politik nach dem Osten erreichen und damit die Hallstein-Doktrin überwinden. Es zeigt sich darin ein Schütze-Symptom, nämlich die Versöhnung, der Ausgleich zur Einheitlichkeit.

10. Haus:

Von Einsichten und Eindrücken überschwemmt, ist die ›Zentrale‹ verwirrt. Also: der Drang nach Stabilisierung, Konzentration, Koordinierung. Das Maßstäbliche wird ›herausprogrammiert‹.

Bei soviel überpersönlicher Einsicht muß dies über die eigene Person hinaus maßstäblich verbindlich sein. Die Bedeutung (oder geistige Unterscheidbarkeit), die erlangt wird, ist eine Art Fazit. Also: alle Anlagen, die geeignet sind, zum überpersönlichen Maßstab zu werden.

Mit allen Folgen des Denkens wird der Sektor verlassen, der sich Dualität und Begegnung bewußt macht.

Geburtszeit: etwa 11^{00}–12^{15}
Sonne Haus 10 – anfangs: Aszendent Steinbock
später: Aszendent Wassermann
dann: Aszendent Fische

Aszendent

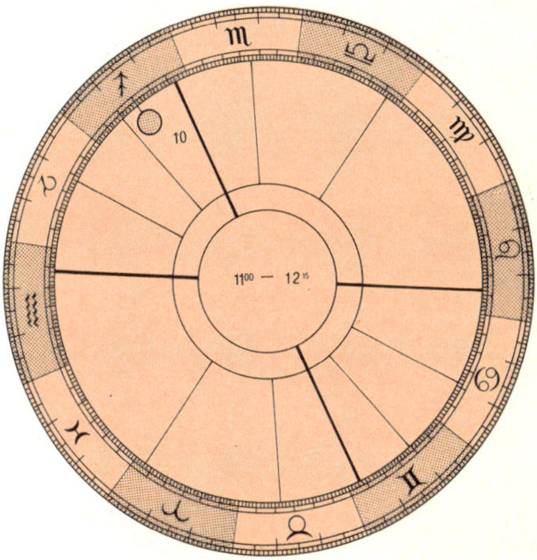

Schütze-Sonne Haus 10

Das Schütze-Verhalten drängt die Anlagen zu formaler Maßstäblichkeit. Also: Maßstäblich und verbindlich sein über sich hinaus (geistig unterscheidbar werden) im Bereich des Verständnisses und der Einsicht in außerpersönliche Belange und Notwendigkeiten.

Zur Verfügung stehen:

a) Anlage Aszendent Steinbock (siehe S. 98–99). Das sind Traditionen, überpersönliche Maßstäbe und Formen (der Gemeinschaft), die man (und durch die man sich) zur überpersönlichen Maßstäblichkeit und verbindlich macht. Dies geschieht in Einsichtigkeit und Verständnisfähigkeit.

b) Anlage Aszendent Wassermann (siehe S. 100). Das ist die Aufhebung von bisherigen Maßstäben, Grenzen, Unterschieden und Traditionen, um sich aus allgemeiner Abhängigkeit herauszuheben und zu befreien, die man (und durch die man sich) zur überpersönlichen Maßstäblichkeit und verbindlich macht. Dies geschieht in Einsichtigkeit und Verständnisfähigkeit.

c) Anlage Aszendent Fische (siehe S. 103). Das ist die Sensibilität und Empfänglichkeit für indirekte Zusammenhänge und Hintergründe des Lebens, die Erlösung von vordergründiger Vernunft und Anpassung, die man (und durch die man sich) zur überpersönlichen Maßstäblichkeit und verbindlich macht. Dies geschieht in Einsichtigkeit und Verständnisfähigkeit.

11. Haus:

Solchermaßen überpersönlich ausgerichtet, ist man der Dualität enthoben. Man kann sich mit Einzelnem und allzu Subjektivem nicht mehr identifizieren, man kann Dualität seelisch nicht mehr verarbeiten. Zentren werden gemieden, Unterschiede neutralisiert, Grenzen aufgehoben. Also: alle Anlagen, die geeignet sind, sich aus dem Allgemeinen und aus den Zentren herauszuheben, sich zu lösen und zu befreien sowie der Drang, dies auch zu tun. Unabhängigkeit von der Vernunft mit entsprechendem Ideenreichtum.

Geburtszeit: etwa 9^{30}–11^{00}
Sonne Haus 11 – anfangs: Aszendent Schütze
später: Aszendent Steinbock
dann: Aszendent Wassermann

Aszendent

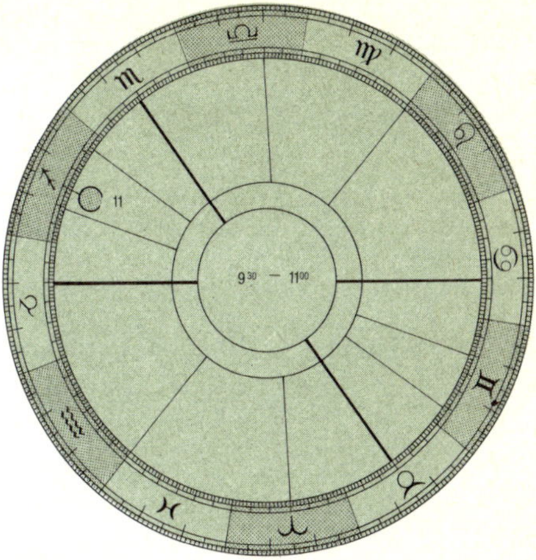

Beispiel:
Sonne Haus 11 mit Aszendent Steinbock: Papst Johannes XXIII.

Schütze-Sonne Haus 11

Das Schütze-Verhalten drängt die Anlagen aus der Dualität, aus der Abhängigkeit von bisherigen Grenzen und Maßstäben heraus. Also: Aufhebung von bisherigen Maßstäben und Unterschieden, sich in Bereichen des Verständnisses für Außerpersönliches aus bestehenden Maßstäben herausheben.

Zur Verfügung stehen:
a) Anlage Aszendent Schütze (siehe S. 95). Das ist die Einsicht und das Verständnis für außerpersönliche Bereiche, Belange und Zusammenhänge, die man (und durch die man sich) aus dem Allgemeinen heraushebt und in Einsichtigkeit bisheriger Maßstäbe aufhebt und erweitert.

Papst Johannes XXIII.

b) Anlage Aszendent Steinbock (siehe S. 98–99). Das sind die Tradition, überpersönliche Maßstäbe und Formen (der Gemeinschaft), die man (und durch die man sich) aus dem Allgemeinen heraushebt und in Einsichtigkeit bisheriger Maßstäbe dafür aufhebt und erweitert.

c) Anlage Aszendent Wassermann (siehe S. 100–101). Das ist die Aufhebung von bisherigen Maßstäben, Grenzen, Unterschieden und Traditionen, um sich aus allgemeiner Abhängigkeit herauszuheben und zu befreien, die man (und durch die man sich) aus dem Allgemeinen heraushebt und in Einsichtigkeit bisheriger Maßstäbe aufhebt und erweitert.

Notizen zu Papst Johannes XXIII.

Papst Johannes XXIII. wurde am 25. November 1881 bei Bergamo als Angelo Guiseppe Roncalli geboren. Er entstammte einer bäuerlichen Familie und wurde 1904 zum Priester geweiht. Er lehrte dann an einem Priesterseminar, war im 1. Weltkrieg Sanitäter und Militärgeistlicher, 1925 Titular-Erzbischof und Visitator für Bulgarien und Griechenland, wurde 1944 von Pius XII. als Nuntius nach Paris entsandt und schließlich 1953 Kardinal und Patriarch von Venedig.

Angelo Guiseppe Roncalli wurde am 28. 10. 1958 als Nachfolger von Pius XII. zum Papst gewählt. Als Johannes XXIII. brachte er das Papsttum aus der Erstarrung und Isolierung, öffnete die Kirche für den Dialog mit der Welt. Er stellte Beziehungen zu nichtkatholischen Kirchen her und gründete ein Sekretariat für die Einheit der Christen. Außerdem erweiterte er das Kardinalskollegium, ernannte 55 Kardinäle aus allen Kontinenten und berief das II. vatikanische Konzil ein, das nach seinem Tod, am 3. 6. 1963, von Papst Paul VI. weitergeführt wurde.

Johannes XXIII. war trotz seines kurzen Pontifikats außergewöhnlich beliebt und populär. Er erschien auch Nichtgläubigen als gütige und überzeugende Vaterfigur.

Das Öffnen und Aufheben bisheriger Maßstäbe sowie deren Erweiterung, wie es in der Bedeutung Johannes XXIII. offenbar wurde, entsprechen einer Sonnenstation in der 11. Phase, die, mit dem Zeichen Schütze unterlegt, von Einsicht und Verständnis begleitet werden.

12. Haus:

Man hat sich von Zentren entfernt, die Peripherie der Dinge ›überflogen‹. Der Schritt aus der bewußten Anpassung an Bedingungen und Gegebenheiten in den Hintergrund ist vollzogen. Die Erlösung von der Vernunft öffnet den Hintergrund der Dinge. Also: alle Anlagen, die geeignet sind, Vordergründe aufzulösen und sich ihnen zu entziehen, die Hintergründe der Dinge zu erfassen und sich in ihnen zu verwirklichen. Aus Unabhängigkeit vom Allgemeinen ist man unbegriffen und nicht faßbar.

Aszendent

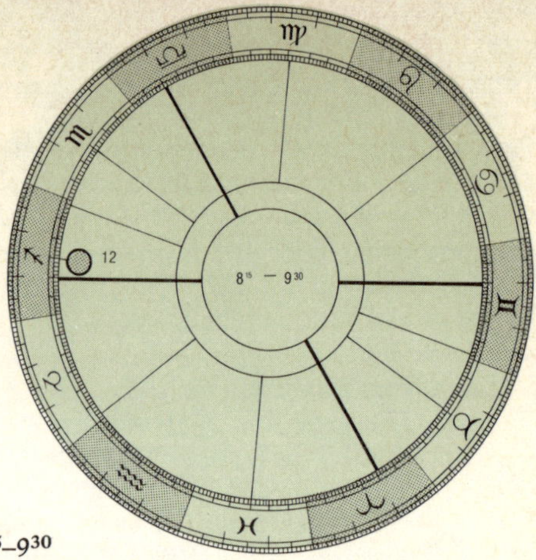

Geburtszeit: etwa 8^{15}–9^{30}
Sonne Haus 12 – anfangs: Aszendent Schütze
später: Aszendent Steinbock

Schütze-Sonne Haus 12

Das Schütze-Verhalten drängt die Anlagen zur Unabhängigkeit von Vordergründigem, zum Auflösen des Vordergrundes und zum Nachspüren indirekter Zusammenhänge. Also: Auflösung der bewußten Anpassung und Vernunft, Unabhängigkeit vom Allgemeinen und Auflösung der Vordergründigkeit bei Einsichtigkeit und Sinn für Zusammenhänge.

Zur Verfügung stehen:

a) Anlage Aszendent Schütze (siehe S. 95). Das ist die Einsicht und das Verständnis für außerpersönliche Bereiche und Belange, in Zusammenhänge, die man (und durch die man sich) in Auflösung der bewußten Anpassung und Vernunft im Aufspüren indirekter Zusammenhänge und Inhalte findet und einsichtig macht.

b) Anlage Aszendent Steinbock (siehe S. 98–99). Das sind Traditionen, überpersönliche Maßstäbe und Formen (der Gemeinschaft), die man (und durch die man sich) in Auflösung der bewußten Anpassung und Vernunft im Aufspüren indirekter Zusammenhänge und Inhalte findet und einsichtig macht.

Wie errechne ich mein Aszendentenzeichen?

Der Aszendent ist dasjenige Tierkreiszeichen, das zum Zeitpunkt der Geburt am Ostpunkt des Horizonts aufsteigt. Die Grundlagen zur Berechnung des Aszendenten sind daher:
a) die Geburtszeit (bezogen auf den Geburtsort)
b) der Geburtsort

Um dem Laien einige Rechenoperationen zu ersparen, wurde die Berechnung mit Hilfe nachfolgender Tabellen vereinfacht. Rechenvorgang.

1. Sie korrigieren mit Hilfe der Tabelle 1 Ihre Geburtszeit, indem Sie den Minutenwert für Ihre Geburtsstadt addieren bzw. subtrahieren (je nach Vorzeichen). Sollten Sie Ihren Geburtsort in der Liste nicht finden, so genügt es, wenn Sie den Wert für die nächstgelegene Stadt verwenden.

2. Die nun ermittelte Geburtszeit suchen Sie in Tabelle 2a–d (Seite 109–112) in der senkrechten Spalte auf. In der waagrechten Leiste finden Sie Ihren Geburtstag. Im Schnittpunkt der sich ergebenden Linien liegt Ihr Aszendentenzeichen.

Sommerzeit
Außerdem ist es wichtig, für die Jahre, in denen die Sommerzeit galt, von der gegebenen Geburtszeit *eine Stunde abzuziehen*. Nachstehend die Daten der *deutschen und österreichischen* Sommerzeit.

Jahr	*Einführungs-datum*		*Ende der Sommerzeit*
1916	30. April	bis	1. Oktober
1917	16. April	bis	17. September
1918	15. April	bis	16. September
1940/1942	1. April 1940	bis	2. November 1942
1943	29. März	bis	3. Oktober
1944	3. April	bis	7. Oktober
1945	2. April	bis	16. September
1946	14. April	bis	7. Oktober
1947	6. April	bis	5. Oktober (davon vom 11. Mai bis 29. Juni minus 2 Stunden)
1948	18. April	bis	3. Oktober
1949	10. April	bis	2. Oktober (Ostzone bis 18. November)
ab diesem Datum keine Sommerzeit mehr.			

Tabelle 1

Aachen	−15 min.	Heidelberg	− 5 min.
Augsburg	+ 4 min.	Jena	+ 6 min.
Berlin	+14 min.	Kassel	− 2 min.
Bonn	−11 min.	Kiel	+ 1 min.
Braunschweig	+ 2 min.	Köln	−12 min.
Bremen	− 5 min.	Königsberg	+42 min.
Breslau	+28 min.	Konstanz	− 3 min.
Chemnitz	+12 min.	Leipzig	+10 min.
Danzig	+34 min.	Lübeck	+ 3 min.
Dresden	+15 min.	Magdeburg	+ 7 min.
Düsseldorf	−13 min.	Mainz	− 7 min.
Essen	−12 min.	Mannheim	− 6 min.
Frankfurt/M.	− 5 min.	München	+ 6 min.
Frankfurt/O.	+18 min.	Nürnberg	+ 4 min.
Freiburg i. B.	− 9 min.	Regensburg	+ 8 min.
Halle	+ 8 Min.	Saarbrücken	−12 min.
Hamburg	0 min.	Stuttgart	− 3 min.
Hannover	− 1 min.	Würzburg	0 min.

Tabelle 1a

Wichtige Städte in der Schweiz und in Österreich

Schweiz:		*Österreich:*	
Basel	–10 min.	Bregenz	– 1 min.
Bern	–10 min.	Graz	+22 min.
Brig	– 8 min.	Innsbruck	+ 6 min.
Chur	– 2 min.	Linz	+17 min.
Genf	–16 min.	Salzburg	+12 min.
Lausanne	–14 min.	Wien	+25 min.
Lugano	– 5 min.	Klagenfurt	+12 min.
Luzern	– 7 min.	Villach	+15 min.
Neuenburg	–13 min.		
Schaffhausen	– 6 min.		
St. Gallen	– 3 min.		
Zürich	– 6 min.		

Neuere Fassung eines altindianischen Sonnenzeichens

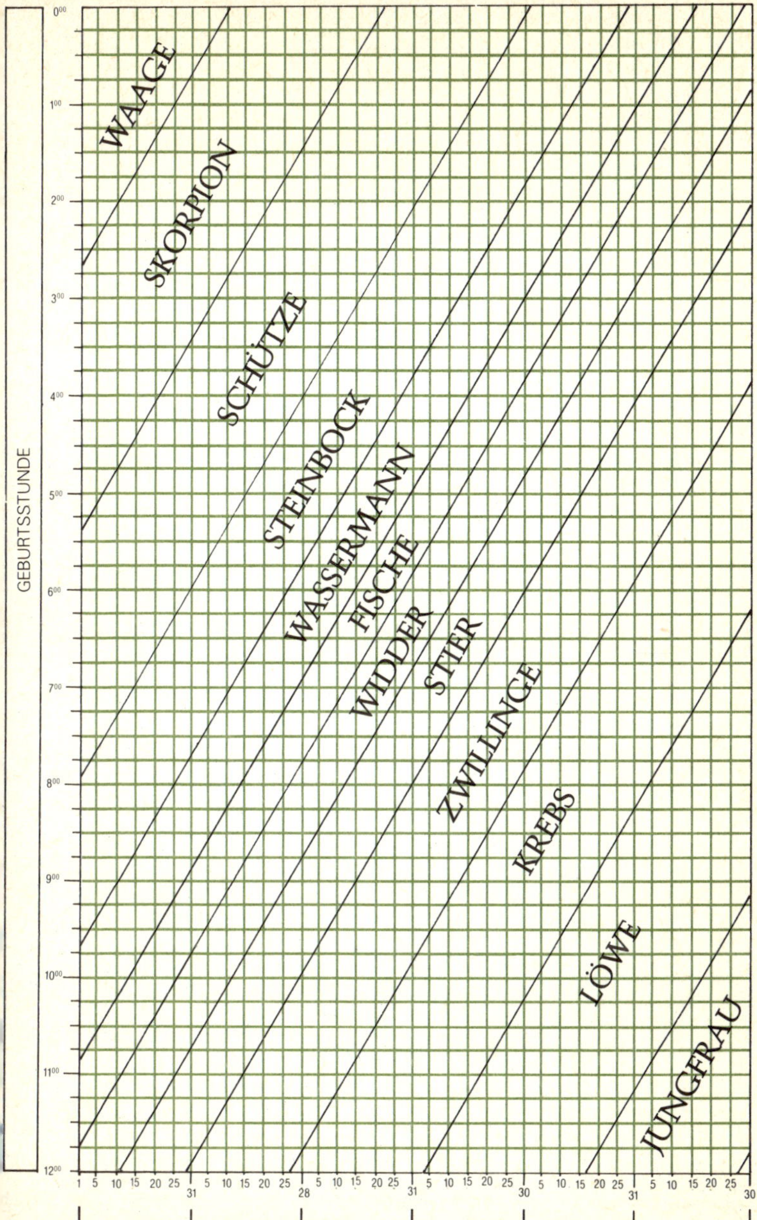

GEBURTSSTUNDE
0⁰⁰
1⁰⁰
2⁰⁰
3⁰⁰
4⁰⁰
5⁰⁰
6⁰⁰
7⁰⁰
8⁰⁰
9⁰⁰
10⁰⁰
11⁰⁰
12⁰⁰
WAAGE
SKORPION
SCHÜTZE
STEINBOCK
WASSERMANN
FISCHE
WIDDER
STIER
ZWILLINGE
KREBS
LÖWE
JUNGFRAU
JANUAR
FEBRUAR
MÄRZ
APRIL
MAI
JUNI
GEBURTSTAG

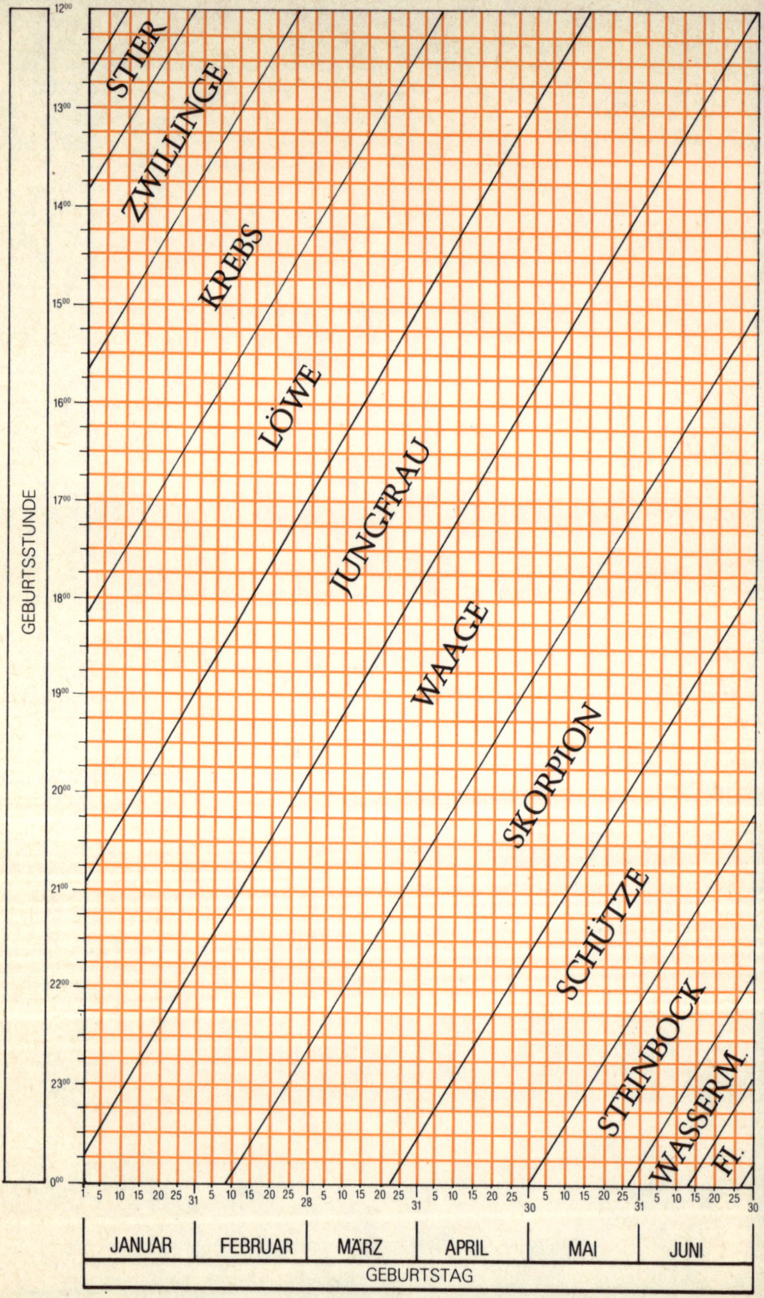
GEBURTSSTUNDE
12⁰⁰
13⁰⁰
14⁰⁰
15⁰⁰
16⁰⁰
17⁰⁰
18⁰⁰
19⁰⁰
20⁰⁰
21⁰⁰
22⁰⁰
23⁰⁰
0⁰⁰
STIER
ZWILLINGE
KREBS
LÖWE
JUNGFRAU
WAAGE
SKORPION
SCHÜTZE
STEINBOCK
WASSERM.
FI.
1 5 10 15 20 25 31 5 10 15 20 25 28 5 10 15 20 25 31 5 10 15 20 25 30 5 10 15 20 25 31 5 10 15 20 25 30
JANUAR
FEBRUAR
MÄRZ
APRIL
MAI
JUNI
GEBURTSTAG

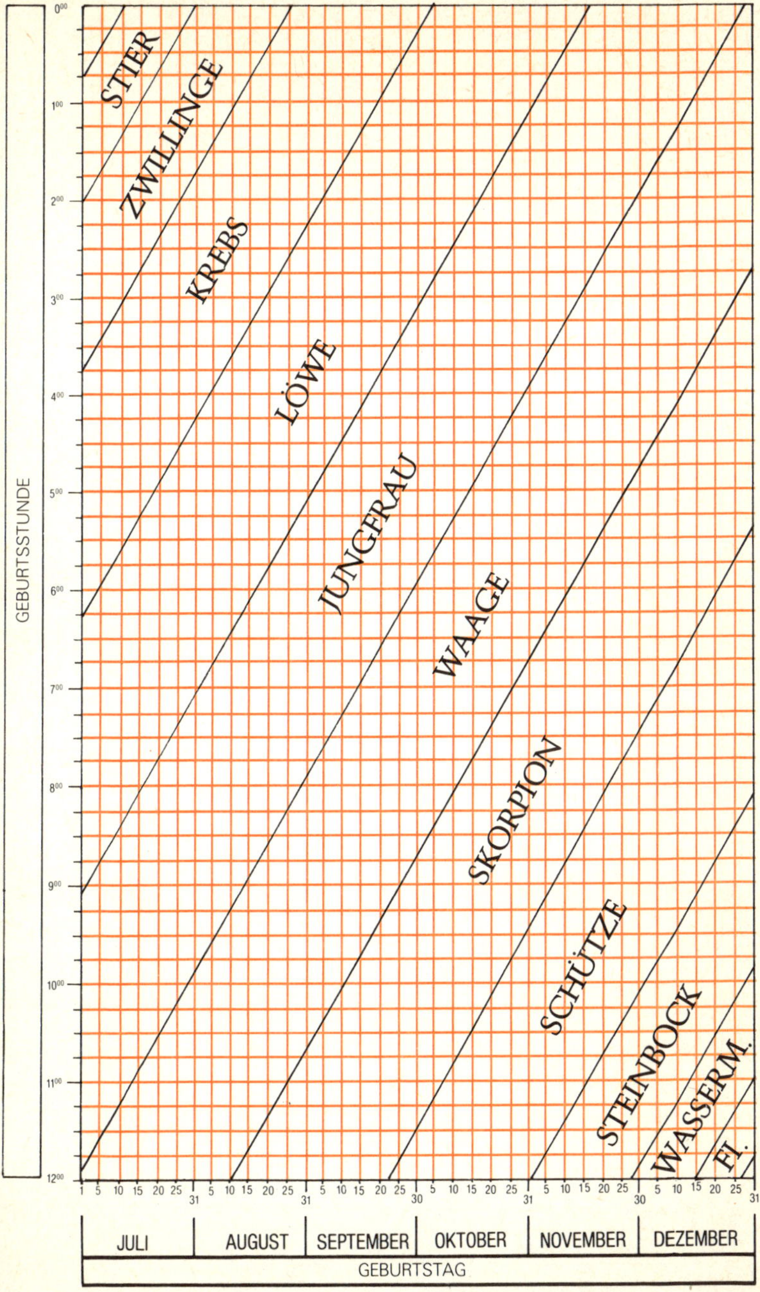
STIER
ZWILLINGE
KREBS
LÖWE
JUNGFRAU
WAAGE
SKORPION
SCHÜTZE
STEINBOCK
WASSERM.
FI.
GEBURTSSTUNDE
0⁰⁰
1⁰⁰
2⁰⁰
3⁰⁰
4⁰⁰
5⁰⁰
6⁰⁰
7⁰⁰
8⁰⁰
9⁰⁰
10⁰⁰
11⁰⁰
12⁰⁰
JULI
AUGUST
SEPTEMBER
OKTOBER
NOVEMBER
DEZEMBER
GEBURTSTAG

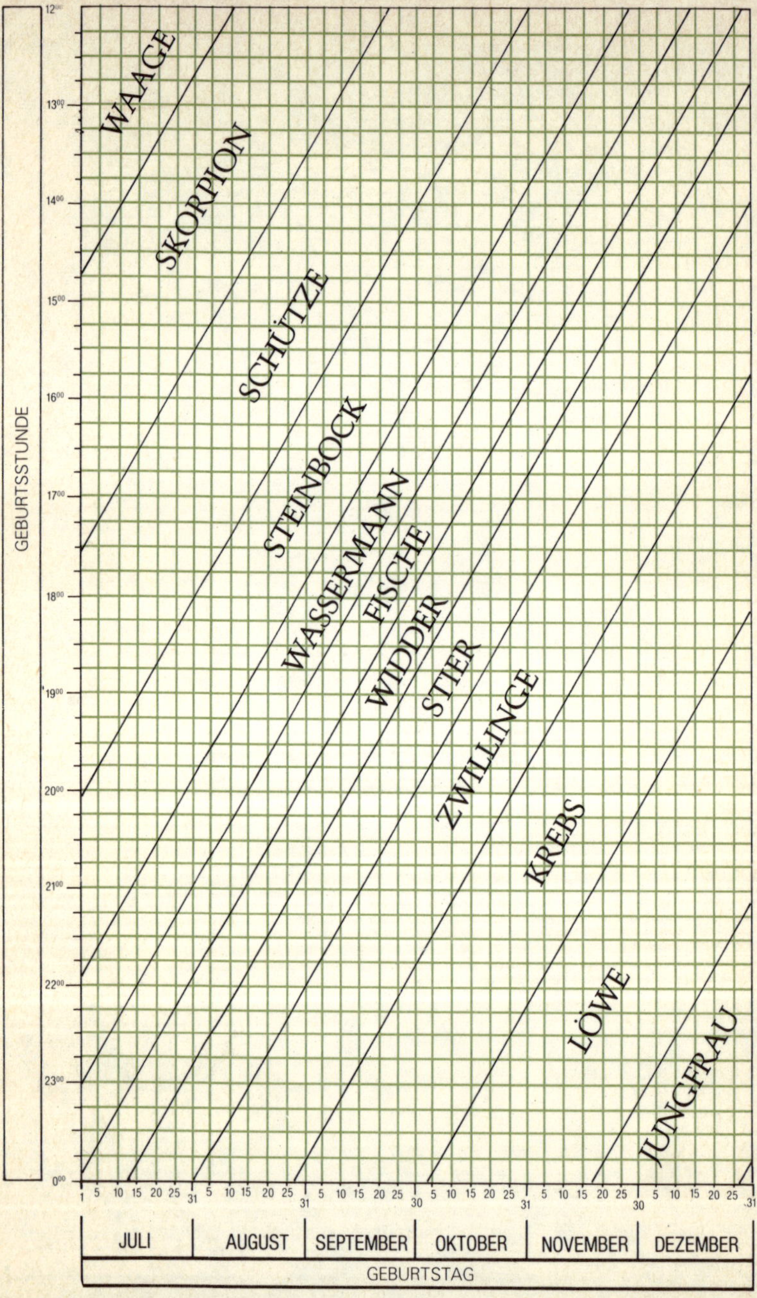
GEBURTSSTUNDE
12⁰⁰
13⁰⁰
14⁰⁰
15⁰⁰
16⁰⁰
17⁰⁰
18⁰⁰
19⁰⁰
20⁰⁰
21⁰⁰
22⁰⁰
23⁰⁰
0⁰⁰
WAAGE
SKORPION
SCHÜTZE
STEINBOCK
WASSERMANN
FISCHE
WIDDER
STIER
ZWILLINGE
KREBS
LÖWE
JUNGFRAU
JULI
AUGUST
SEPTEMBER
OKTOBER
NOVEMBER
DEZEMBER
GEBURTSTAG